天鏡的極北之星

發條精靈戰記

Alderamin on the Sky

11

宇野朴人
Illustration 竜徹
角色原案 さんば挿

Kadokawa Fantastic Novels

Alderamin on the Sky
Uno Bokuto Presents

登場人物

卡托瓦納帝國

伊庫塔・索羅克……本作的主角，在非自願的情況下成為軍人的怠惰少年。

雅特麗希諾・伊格塞姆……已故。舊軍閥名家伊格塞姆家的女兒，在軍事政變尾聲，為保護伊庫塔不幸因狙擊身亡。

托爾威・雷米翁……舊軍閥名家雷米翁家的么兒。率領狙擊兵尋求新時代的戰爭方式。

馬修・泰德基利奇……體型微胖的平凡少年，對才華洋溢的同伴們抱有憧憬。

哈洛瑪・貝凱爾……女醫護兵。性情溫和，但擁有另一個人格派特倫希娜。

夏米優・奇朵拉・卡托沃瑪尼尼克……帝國第二十八代皇帝，以暴君面貌施行專制政治。

米爾巴琪耶……阿納萊的弟子之一，受伊庫塔推薦被任命為文官的少女，不懂禮儀，喜歡極端論點。

約爾加・戴姆達利茲……阿納萊的弟子之一，受伊庫塔推薦被任命為文官的青年，擅長算術。

索爾維納雷斯・伊格塞姆……帝國陸軍榮譽元帥，雅特麗之父。在新皇登基的同時被剝奪實權。

托里斯奈・伊桑馬……帝國宰相。企圖重現神話時代的皇室至上主義者。其瘋狂毫無消退跡象。

齊歐卡共和國

約翰・亞爾奇涅庫斯……被頌揚為「不眠的輝將」的齊歐卡名將，具備完全不需睡眠的特異體質。

米雅拉・銀……約翰的副官，擁有已滅亡的極東國家「亞波尼克」的血統。

塔茲尼亞特・哈朗……齊歐卡陸軍少校，約翰的盟友。身材高大得令人需要抬頭仰望。

阿納萊・卡恩……逃亡離開帝國的史上首位科學家，伊庫塔的老師。如今正傳授約翰知識。

阿力歐・卡克雷……齊歐卡共和國執政官。深不可測的謀略家。有偏愛重用特殊人才的傾向。

拉・賽亞・阿爾德拉民

亞庫嘉爾帕・薩・杜梅夏……拉・賽亞・阿爾德拉民神聖軍上將，個性豪爽的男子。

葉娜希・拉普提斯瑪……拉・賽亞・阿爾德拉民宗主，以教皇身分君臨教團頂點的女性。

第一章

Alderamin on the Sky

帥呆了

少女置身於燒灼身軀的熾熱中。

她纖細的身軀被壓倒在床上，遭受不帶一絲憐惜的粗暴對待。緊抓住她纖細手腕和肩膀的手，力量大得彷彿要把骨頭一併握碎，還不斷地加重力道。

那雙迎面直盯著少女的黑眸，透出層層染上所有負面情緒後抵達的極度漆黑，蘊含了一名青年傾盡一生之力灌注的憎恨。為了承受這股憤怒的蹂躪，少女喘著氣躺在床上。

但是——從另一方面來說，她心中確實懷抱著與為他所恨的痛苦相反的平靜。

自從坦承那步向毀滅的奢望以來，少女心中就產生了反常的感情。終有一天，要接受他的制裁與懲罰。由他親手將在漫長歲月中化膿潰爛，腐敗得面目全非的永靈樹血統——將身為其罪行結晶的她連同國家一起粉碎葬送。唯獨幻想死期到來的情景，她才能得到片刻的平靜，才被允許繼續呼吸。

然而——剛萌生時還顯得抽象的願望，隨著時間過去漸漸帶上栩栩如生的真實感。

她無從壓抑地忍不住去想像，他將如何把自己徹底玩壞？在他的蹂躪下自己將暴露出怎樣的慘狀？渴望他如何對待自己？——少女鉅細靡遺地以想像填滿那悽慘無比的過程。

青年的五指彷彿要挖掉皮膚般深深地陷入從撕破的衣服底下露出的乳房，犬齒咬住她的肩膀，喀喀作響地削著單薄皮肉下的骨頭。每一波的疼痛都令少女痛苦掙扎——並全部視為極致的愉悅飢渴地吞食下肚，追求更多的折磨。

赤手空拳比用刀更好——因為能夠感受到他的體溫。

她想要被他無休無止地凌虐直到斷氣——因為這樣能在他身邊多待一會。

不管她再怎麼哭都絕不放過她——因為這股憎恨名正言順至極。

被殘酷的拷問折磨的過程中，少女呼喊著青年的名字。彷彿乞求原諒、彷彿尋求救贖，彷彿冀望更重的懲罰。在一連串的掙扎盡頭，在那與痛苦互為表裡的無盡愉悅裡，她的意識變得空白模糊——

「——哈啊——！」

在攀上如瀕死般的高潮前那一瞬間，少女睜開雙眼。

「——哈啊！哈啊！哈啊！哈啊——！」

她猛然從床上坐起身。即使清醒過來，鮮明的觸感仍然殘留在全身肌膚上。她的呼息如同吞下燒熱的石頭般熾熱，順著感覺追溯，可以發現熱源來自小腹。

「…………！……」

她的兩條大腿正無意識地扭動摩擦著。一產生自覺，一陣羞恥感和自我厭惡剎那間竄上來，令少女肩頭發顫。花了幾分鐘竭力調順呼吸後——她勉強找回一點平常心，對於那股在體內燃燒、遲遲沒有消失的殘存情欲，她喃喃自語。

「……………真可恥…………」

近衛隊長露康緹・哈爾群斯卡露出有力的笑容，迎接沒找侍從幫忙，自行穿好衣服後走出房間的少女。

「早安，陛下。昨晚睡得好嗎？」

儘管說話的人毫無言外之意，這個問題對於此刻的夏米優來說卻很尷尬。原本費力擺脫的妄想轉眼間在腦海中復甦，令她的臉頰發燙。

「……沒問題。伴駕吧，露康緹，我要去處理今日的政務。」

「咦？妳不吃早餐嗎？」

少女裝出表面上的平靜正要邁開步伐時，未曾注意到的詢問聲從背後傳來。夏米優猛然轉身，黑髮青年的身影落入她的雙眼。

「——？索、索羅克……？」

「最好還是吃吧，今天大概會比平常更耗費體力。」

伊庫塔面露溫和的微笑說道，微微拖著左腿拄著拐杖走向女皇。在一陣沒來由的焦慮驅使之下，夏米優戰戰兢兢地仰望青年的臉龐。

「你、你是什麼時候過來這裡——」

「從昨天深夜開始，我到妳在宮中為我準備的房間過夜。雖然我很難適應那麼大的屋子。」

伊庫塔帶著開玩笑的意味聳聳肩。此時，他注意到小小的異狀，伸手去摸女皇的臉頰。

「妳的臉有點紅，夏米優。是不是發燒了？」

「——────！」

他不經意地湊上前，讓兩人的額頭貼在一塊。自觸及之處傳來的體溫令少女胸中猛然一跳。和僵住的夏米優保持這個姿勢一會後，青年乾脆地退開。

「嗯～看來倒也沒有。如果身體不舒服，記得馬上說出來。政務我會設法應付，妳的健康比那些事重要多了。」

伊庫塔一臉認真地宣言。和他的關懷正好相反，少女的心臟狂跳得隨時有可能發生心律不整。現在和以前在後宮裡對著一語不發的他自言自語的時候不同。因為跟站在眼前的青年攀談，他不僅會回應，甚至還會朝她露出笑容。

「好了，雖然很捨不得，我差不多該走了。基地那邊積壓了許多工作要處理。我很想拋下那些事不管，一整天待在這邊──但如果翹班翹得太凶，薩扎路夫准將可要淚流成河了。」

伊庫塔牽起夏米優的手，與她四目交會地說。

「所以，別覺得寂寞。我晚上還會回來，一起吃晚餐吧。」

「……唔、嗯……」

在喜悅、悲傷與同樣強烈的罪惡感在心中擺盪，少女只能勉強擠出回答。伊庫塔注視著她搖曳的眼眸，突然露出惡作劇似的表情補充道。

「不過——唯獨今天，妳或許沒有閒工夫感到寂寞喔。」

「……嗯，所有人都到齊了吧。」

依依不捨地和青年道別後，夏米優前往召集中級文官舉行的國政會議，處理今天的第一樁政務。一看見她走進來，先行到齊站在座位前等候的官吏們同時默默地行禮。而受禮的女皇也率先入座，悠然地點個頭。

「我允許諸位就坐。」

徵得女皇的准許，文官們終於陸續坐下。儘管這樣行禮如儀看來很誇張，但在禮制上和過去相比已經過大幅的簡化。如何兼顧禮制和合理性，總是令改革者感到苦惱。

「書記官，列出今天的議題。」

受到催促，一名官吏站起身做個深呼吸後開口。

「啟稟陛下。因小麥產量不足，南域有幾個州發生小麥價格暴漲的狀況。都是降雨量稀少，去年收穫量不佳的地區——」

聽完他舉出具體的地區和數據，女皇靜靜地搖搖頭。

「我能夠理解因歉收導致市場上小麥減少的因果關係，不過回顧到直至去年度的產量，還沒到造成如此重大影響的時候。現在應當是開放儲糧彌補供應的時期，但小麥流通量卻極端地降低——代表有人大量囤積。」

官吏之間立刻掠過一陣緊張。在分析來自臣子的報告並看穿成因背景的能力方面，誰也比不上她。

「儘管從他人的困境中謀求良機是經商常情，我無法容許有人主動製造出那些困境。奉我之名，立刻警告那些人繳出儲糧——」

「我反對～」

一聲散漫的發言突兀地插進被年輕女皇的威嚴控制的現場。官吏們錯愕地轉頭望向下座，發現在目光所及之處，一名穿著短版白衣的少女坦然地舉起一隻手。

「……打斷我的發言發表意見？膽子大得不像出仕後首度出席會議啊，瓦琪耶三等文官。」

「說反了、說反了。因為第一次出席，我才特別有幹勁啊，陛下。」

受到伊庫塔推薦，被任用為文官的科學使徒——麥琉維恩瓦琪恩．夏特維艾塔尼耶爾希斯卡茲，即使面對君主的調侃，依然帶著笑容回應。

「畢竟，只不過是要逼貪婪的商人吐出囤積的小麥，不需要勞煩陛下揮舞鞭子。這點小事以後多得是，要一一收拾掉可是沒完沒了。」

「不——正因為能預料以後會經常出現類似的狀況，為了避免問題再度發生，我認為立下一個嚴罰禁止的例子很重要。」

「的確沒錯。不過，您在過去兩年間採取過許多次類似的行動吧？每次爆發叛亂，陛下都親自率兵鎮壓。我認為這樣已經很夠了。」

「……唔？」

「由於這番努力奏效，如今帝國裡還敢輕視陛下的人不多了。所以，這次的囤糧問題起因更加低俗。也就是說——出自於膚淺的期待，認為動這點程度的手腳不至於被發現、政府應該會放他們一馬。」

周遭的文官提心吊膽地聽著年輕的她肆無忌憚的發言。雖然認為應該立刻制止她，但只要女皇還在聽，就不可能這麼做。瓦琪耶不自覺地折騰著文官們的胃，繼續往下說。

「無論陛下多麼努力，也不可能根除這些狀況。因為大家都以為只有自己不會出事。如果您堅持要處置，不加警告直接處決或許有效，但只要間隔一次警告就不管用了。因為每個人都會以為，在接獲警告之前都還不要緊。」

「……也有一番道理。不過，小麥不足是無法坐視的現實問題。妳可有替代方案？」

「與其說是替代方案，基本上就是放著不管，促使他們自行解決。」

這出乎預料的回答令夏米優瞪大雙眼。瓦琪耶噘嘴抱起雙臂。

「這件事，多半是當地的軍團接到民眾的陳情吧。在帝國，典型的解決方式由軍人居中協調找出妥協點，從這次開始最好停止這麼做。如果問題複雜化到不可收拾的話另當別論，但突然有第三方介入太奇怪了，哪怕是陛下也一樣。」

文官們啞然失聲。其中一人站起來，焦慮地插話。

「等、等等！照這樣放著不管，小麥不足將導致民眾飢荒！若事已至此狀況還是沒有改善，在最壞的情況下，民眾甚至很可能去砸大商舖！」

「嗯，應該會發生。人一旦挨餓就會焦急，一焦急就會主動展開行動。這是身而為人理所當然的行為。」

「什——！」

會議室裡充滿了驚訝到極點而啞口無言的氣氛。但瓦琪耶絲毫沒因為這股氣氛而退縮，她雙手叉腰，悠然自適地往下說。

「我想問問各位，在古今中外，當人遇到困難時首先該做的行動是什麼？拜託當地的軍人解決問題？等待坐鎮中央的陛下裁決？——都不是對吧。試圖自力找出並解除原因，這才是簡單的正確答案。」

「就、就算如此——」

「要說起來……」

少女不等周遭眾人反駁，搶先再度開口。

「要說起來，這個問題的當事者是州民和商人們才對。事情與軍人無關，跟我們這些中央官員的關係更是薄弱。明明沒什麼關連卻還插手干涉，問題將變得更加複雜。先把問題的組成要素降低到最低限度，讓狀況單純化吧。如此一來視野不僅變得清晰，也能減輕陛下的負擔，這是一石二鳥。」

聽到這一連串的發言，夏米優抱起雙臂陷入沉思。

「……總之，妳想說的是應該劃清國政和經營州務之間的界線吧？」

「沒錯。州務交給州來處理，陛下則負責唯有陛下才做得到的事。」

瓦琪耶露齒一笑說道。女皇依然保持與她形成鮮明對比的嚴肅表情，犀利地拋出反問。

「雖說交給州來處理，這份工作具體來說要由誰來做？總不能命令當地官吏去說服商人。」

「他們應該正忙於辦理陛下命令的徵稅業務，話說敕任官和我們一樣，並非問題的當事人。在此必須讓那些因為小麥不足而困擾的當事人展開行動才行。」

「妳堅持促使州民自身動手？」

「那是當然。只要得知小麥不足的原因是有人囤積糧食，州民也能採取不少因應措施。方才談到的砸店也是其中一種。既然敢貪得無厭的做生意就該經歷慘痛的教訓，這是十分重要的。如果其中有一方輕視對方，就無法培養出健康的相互關係。」

「……妳想說為此破壞秩序也是無可奈何的？論點實在太過極端了。在培育出妳口中的『健康關係』之前，那個州的治安將糟糕至極啊。」

「嗯，沒錯。所以砸店終究是最後的手段。在民眾動用暴力解決之前，教導他們該採取什麼辦法——這是我們所能做到的最佳支援。」

瓦琪耶大膽無畏地說，雙手擺出握住釣竿的動作。

「打個比方，政府至今都是捕魚給飢餓的民眾吃。不過以後要改成教導他們如何釣魚，然後借釣竿給他們。怎麼樣，陛下？這應該和您想做的事情一致吧？」

「……唔。」

想法在出乎意料之處被人看穿，令夏米優不禁辭窮。知性在不講道理的言論中驚鴻一瞥地閃現。她始終無法決定，該如何評價眼前的對象。

「的確，提升各州自治能力是我的目的之一。話雖如此，我無意利用小麥不足的困境來達成這一點……」

「嗯嗯，因為陛下很溫柔嘛。」

文官們同時瞪大雙眼。身為科學家的少女，乾脆地斷言了他們絕不會向君主說的話。宛如在描述不證自明的事實般，她極為簡單地說了出來。

「不過，希望您將這次的狀況看成一個好機會。儘管這麼說很無情——人類在飢餓時更有行動力。」

瓦琪耶揚起嘴角露出狡猾的微笑，她指出的癥結令夏米優吃了一驚——這種反過來利用人民困境進行改革的想法，和夏米優意欲達成的「以戰敗淨化國家」從某種意義上來說性質相同。

「……民眾長年來對軍人的依賴，導致以勞工工會為首的各州組織早已形同虛設。若要促使州民主動對抗商人們，必須給這些組織注入新的生命力。」

「您應該早已挑選並培養了這方面需要的人才吧？陛下登基已超過兩年，這麼顯而易見的問題，您不可能一直擱置到今天都沒處理。」

瓦琪耶聳聳肩，不經意地展現她對於女皇能力的信賴。夏米優抱著困惑與理解交錯的心情，皺起眉頭。

「給這些人在頭銜方面鍍層金，派往當地負責煽風點火——不，擔任顧問。至於官職，嗯～隨便安排個地區監督官之類的。經由他們的支援建立以州民為主體形成勞工工會，憑藉州民們本身的力量對抗商人們的囤糧行為。」

「…………」

「既然都派遣人才過去協助了，民眾也沒有藉口責怪內閣玩忽職守。聲譽會下滑的是無視民眾請願的軍方，但這也無可奈何，若不下降到應有的程度反倒叫人頭痛。軍方可不能從平日起就熱情地關照民眾。如今伊格塞姆卸下領導地位，軍隊再維持這樣反而將形成叛亂的溫床。」

女皇特別認同她的最後一句話——夏米優看了出來，瓦琪耶看似滿口肆無忌憚的不講理言論，實則在帝國既存的各種問題方面與她有共通的認識，反倒有些部分比她看得更遠。這使得夏米優姑且對這名科學家少女另眼相看。

「……好吧。正如妳所言，我已準備了用來支援地方提升自治能力的人才。本來打算再觀望一會將他們派往當地的時機，但妳認為州民們面臨飢餓問題的此刻正是良機的見解頗具說服力。」

「嗯嗯，真不愧是陛下——唉，輕鬆地著手吧。反正日子還長著呢。無論失敗也好、成功也好，這樁事件都將成為很好的代表案例。」

瓦琪耶事不關己似的說道，那種也能看作不負責任的態度觸怒了女皇。夏米優露出比先前更加嚴厲的目光瞪著對方，語氣沉沉地給予忠告。

「……妳這次的提案，我就採納了。不過妳要記住一件事，科學家——政治並非給你們做實驗的地方，在此處下達的每一項決定都會撼動國家的狀態。妳要明白，不了解這份沉重的人，沒資格參加這場會議。」

女皇語中含怒地斷然說道，與她抱有同感的文官們嚴厲的視線也匯集到得意忘形的新人身上。在任何人都應該惶恐畏縮的氣氛中，承受壓力的當事人卻悠然地低頭行禮。

「遵命，陛下……雖然略嫌僵硬，這嚴格的態度是您的美德。我會尊重的。」

到了這個地步，夏米優也不得不感覺到——瓦琪耶無所畏懼的態度與某個人很像。

＊

「早安——哎呀，大家都到齊了。」

另一方面，一名青年於同一時間出現在高級將領們默然列坐的中央軍事基地內。儘管這一幕看似不合時宜，但他肩頭的階級章證明這並非什麼玩笑。

當史上最年輕的帝國軍元帥到場，保持坐姿的將領們同時以目光致意。

「嗯～氣氛還真拘謹啊。這或許是將級軍官的軍事會議理所當然的氣氛，但由我來主持的時候，可以稍微再放鬆一點。」

伊庫塔走到自己位於圓桌上首的座位入座，喃喃抱怨幾句。以往由索爾維納雷斯・伊格塞姆主持，和近日改由女皇夏米優主導的軍事會議，氣氛沉重得對他而言有些難以呼吸。

「這要求恐怕很難辦到，元帥閣下。只要想起直到不久之前都是誰坐在那個位子上，我就不由得挺直背脊。」

率先開口的是在場眾人中與青年關係最親近的暹帕・薩扎路夫准將。儘管被伊庫塔搶走「最年輕將領」的名號，依薩扎路夫的性子，別說覺得不甘心，反倒還高興得很。青年有些寂寞地笑了。

「希望你們別太過畏懼她……唉，不過這得花些時間緩緩改善。無論如何，軍事方面的事務暫時都交由我負責，所以會議氣氛也要有相應地改變。我打從以前起就受不了沉重的氣氛。」

伊庫塔喀吱喀吱地轉了轉脖子宣言。相對的，將領們在表面上保持沉默，但也有人在圓桌邊離青年不遠處悄悄開口。

「……我可以說句話嗎，雷米翁上將？」

「什麼事？席巴上將。」

「你剛剛感到很懷念吧？」

被他指出這一點，將已故盟友的面容與黑髮青年相重疊的翠眸上將突然揚起嘴角。

「所以，先來討論還能笑得出來的議題——也就是帝國軍內部監察的結果。」

和伊庫塔的期望相反，這番開場白令現場氣氛一下子緊繃起來。雷米翁上將找回身經百戰的將領應有的威嚴氣勢開口。

「……是懷疑高階軍官中藏有內奸一事吧。」

「是的。不過——從結果來看查無此事，高階軍官中沒有內奸。」

青年先發制人地陳述結論。感到出乎意料的將領們將目光匯集到他身上，伊庫塔淡淡地往下說。

「關於這次的情況，應視為引發我們懷疑有間諜的存在也是齊歐卡策略的一環。我判斷做更深入的調查，也只是拉長被齊歐卡玩弄於鼓掌之間的時間罷了。」

這聽起來失之倉促的結論，令翠眸上將再次開口。

「……有三個疑點讓我難以釋懷。第一點是，我方事先進行的祕密偵察撲了個空。看出阿爾德拉教民出現可疑動向的陛下，其慧眼之犀利無庸置疑。然而，為何事先調查卻未有斬獲？」

「我認為原因出在調查人選上。接下祕密偵察任務前往當地的部隊，全都缺乏關於這方面的工作經驗——是這樣沒錯吧，薩扎路夫准將？」

被點到名的薩扎路夫嘆了口氣站起身。就像這次出席是專門來承受責難的，他一臉認命地點點頭。

「……我很清楚，這次暴露了無能的醜態。偵查工作和在前線打仗截然不同，儘管自認為已經全力以赴，我無法否認事事都得摸石頭過河。」

由於沒有逃避責任的意思，他並未試圖申辯。彷彿要幫他補上解釋一般，伊庫塔立刻幫腔。

「說歸這麼說，我認為為此責怪薩扎路夫准是錯怪他了。在必須進行大規模祕密偵查任務的狀況下，缺乏足以勝任的人手——這才是真正的原因。對於准將等人出任務的夏米優來說，應當也是不得已的選擇。既然沒有專家可用，至少找值得信賴的對象……她應該這樣下判斷的。」

「這代表著——直接的原因，是在調查現場的祕密偵查方式出了問題？」

「我是這樣認為的。至於齊歐卡方面，應該也是以故意讓我方事先察覺教徒動向為前提來設計策略。他們根據地理條件，找出來自中央的調查部隊可能優先調查的地點。然後或許是透過當地住民的誘導，將偵查部隊調查這些地區的城鎮和村落的順序蓄意地往後延。」

唔……翠眸上將從鼻子裡哼了一聲。他帶著能夠理解但尚未接受的神情，繼續追究疑點。

「再說到第二點……追逐教徒們入山的部隊，後來和陛下一起在山上遭遇包夾的過程又是如何？根據我得知的消息，敵軍的行動時機在所有層面都過於精準。認為其中有人即時外洩情報，應該是較為妥當的想法。」

「真的是這樣嗎？令人產生這種感覺的最大原因，我想是逃離俘虜收容所的齊歐卡海軍第四艦隊抵達山脈山腳處的時機，正好抓準了最前線的馬修少校等人遭遇反擊開始撤退的時候——

不過實際上，並非內奸的人也有可能通知齊歐卡軍這個時間點。同樣身處前線的敵方將領約翰·亞爾奇涅庫斯，在現場掌握了我方面臨的困境。在此應該視為是那傢伙自行聯絡了友軍。不管是派出快馬或信鴿傳訊，考慮到其部隊當時與第四艦隊的相互位置，這絕非不可能之舉。實行起來，反倒比行動受限的內奸更容易。」

「……那麼最後一點，關於尤格尼少校的嫌疑呢？若非他本人即為內奸，就是有人企圖拿他頂罪——根據報告內容，我認為結論應該是兩者之一。」

雷米翁上將問出最重大的顧慮之處。他的口氣很平靜，卻帶著毫不留情地駁斥一切拙劣敷衍藉口的嚴厲。

伊庫塔表面上保持平靜，感到冷汗流過背脊——他的謊言必須瞞過這個人物。

「那一樣是齊歐卡的策略——我認為那隻關鍵所在的精靈，是主動溜進尤格尼少校的背包裡。」

「主動？」

「是的。在桌狀台地展開防衛戰當晚，有許多火精靈潛入我軍陣地意圖放火燒毀物資……不過，他們的目的還不只如此。躲進帝國士兵的行李內，在適當的時機被人發覺，令行李持有者蒙上可能是間諜的嫌疑——我認為有一定數量的精靈企圖這麼做，而尤格尼少校成了下手目標。這是用來促使猜疑在我軍陣營內蔓延的計策。」

伊庫塔流暢無礙地說明。他很清楚——將謊言交織在諸多的事實當中，是隱瞞一個謊言最有效的方法。

「情況或許更為單純，那隻精靈只是在快被我方士兵發現時碰巧躲進了尤格尼少校的背包，後來在想要返回齊歐卡陣地之際被人逮到——雖然這種看法略嫌樂觀，可能性還是遠比懷疑有內奸更高。為了提防內奸的存在，我當時曾大幅強化內部監視體制。若要穿越監視網，小巧的精靈比起體格龐大的人類更加適合。」

明知這麼做厚顏無恥，伊庫塔還是拿他對自身能力的信賴當作擋箭牌。雷米翁上將面有難色地陷入沉默。由於當時不在現場，他難以更深入地追究此事。更重要的是，如今的翠眸上將是支援伊庫塔的後盾。

「順便一提，接下來就是笑點所在——關於帝國軍的間諜疑雲，有人匿名密告，還說出了內奸的名字。」

「什麼？」「到底是誰？」

將領們霎時間一片譁然。在充分地引起他們的興趣後，伊庫塔緩緩地說出一個名字。

「這個嘛——首先是伊庫塔·索羅克。」

不出他所料，一股沉默籠罩了會議室。

「…………啊？」

「據說他是奉齊歐卡之令籠絡女皇、企圖將帝國導向衰亡的國家心腹之患。證據就是他父親是戰犯，母親更是齊歐卡人。哇～這傢伙好可疑～」

他不加抑揚頓挫地說著，同時翻閱手中的文件。

「另外還有托爾威·雷米翁。據說他和上述人物伊庫塔·索羅克勾結，企圖顛覆國家。馬修·泰德基利奇為了重振家族過往的榮耀，正在籌劃大規模軍事政變。哈洛瑪·貝凱爾自從軍開始就是齊歐卡特務，如今依然在執行任務等等——哎呀，傷腦筋啊傷腦筋，帝國軍裡到處都是間諜。」

伊庫塔唸過一遍之後拋開那疊文件，雙手抵住圓桌注視著將領們。

「想來各位也明白了？如同在桌狀台地作戰時一樣，齊歐卡出招想破壞我方的人際關係。自從在夏米優統治下建立新體制後過了兩年多，組織逐漸穩固，相對的也到了傳出各種雜音的時候。例如某某人在營私舞弊啦、看不順眼總是只有那傢伙受到重用啦，如此這般……只要回顧過去就能了解，抓著這種地方找出破綻趁虛而入是齊歐卡的拿手好戲。」

將領們抱起雙臂沉吟。他們全都感覺到，這種手段的確很符合齊歐卡的作風。察覺詭辯快要說服眾人，伊庫塔繼續追擊。

「這便是我說要暫時結束內部調查的理由。無論內閣也好、帝國軍也好，萬萬不可容許猜疑在組織內部蔓延。也請各位不要理會這些和塗鴉沒兩樣的密告，完全是浪費時間。」

再加上伊庫塔這般斷然宣言，讓在場所有人都猶豫起是否還要重提此事。沒有人提出異議。因為這數十年來，他們都深深體會過被齊歐卡的企圖玩弄擺布的屈辱。

「雖然已發出內部通知，我將在近日內以我的名義正式地宣布尤格尼少校洗清間諜嫌疑的消息。我準備幫助他恢復原本的軍職，請大家在這一點也給予協助。」

大半的將領都頷首表示同意。確定沒在任何人臉上看到強烈的懷疑之色後，伊庫塔偷偷鬆了口氣開口。

「還有什麼意見嗎？——那麼，此事就談論到這裡為止。進入下一個議題吧。」

「呼……下午有一場軍事會議、兩堂課與一次演習視察，還有堆積如山的文書工作嗎——雖然本來就知道，不過元帥還真忙啊。」

拐杖喀喀地敲打著走廊地板。忙完上午的工作，伊庫塔正走向軍官餐廳以休息片刻。即使在這階段，他也被迫發揮強大的自制力。只要稍有放鬆，他就會忍不住走向架設在基地各處的吊床。

一踏進餐廳時，兩張熟面孔如他所料地迎了上來。

「辛苦了，伊庫塔先生。要不要一起吃午餐？」

「那我就不客氣了。當元帥真是忙得累死我了。」

「准將也很忙碌喔，閣下。不過我有優秀的副官，幫了很多忙。」

伊庫塔感激地加入正同桌吃午餐的哈洛和薩扎路夫，向很快就走過來的服務生點餐之後，他向如今成為部下的最棒的上司耍起貧嘴。

「好，決定了。我要向梅爾薩中校發出人事令，將她調來我的辦公室。」

「吶吶～你可別說出去，其實我正密謀發起軍事政變，如果閣下這麼做，我就真的付諸執行喔？神聖薩扎路夫帝國異軍突起？」

兩人互相開著瀕臨危險邊緣的玩笑，交會的目光火花四射。一如往常的互動令伊庫塔鬆了口氣，深深地靠在椅子上。

「不過從實際問題來說，我是想要一位有能力輔佐日常業務的副官。若能交給蘇雅當然最好，但她還在讀軍校。」

「我可以從部下當中推薦人選給你，你比較喜歡年輕男子還是老男子？」

「那當然是魅力十足的年長女性……雖然很想這麼說，這方面就單純以實力為優先吧。哪怕是渾身肌肉的壯漢我也會忍耐的，硬要說的話，希望在思想和性格方面沒什麼怪癖。因為我會把相當多的雜務丟給副官處理。」

「那不就是一般的優秀人才嗎？部下裡有這種人我可就輕鬆了，調到閣下那邊太可惜了。」

「哈哈哈！薩扎路夫准將，你以為只要稱謂加上閣下就算是講話有禮貌對吧？」

「不好意思，我教養不夠，這就是我畢恭畢敬的極限了。代替我這個沒用的大老粗奮力幹活吧，史上最年輕的元帥閣下～」

「講這種話真的好嗎～我可是有好多工作想交給北域方面戰役的大英雄辦理呢～看來你也適應了將級軍官的身分，不如從明天起簡式晉升為少將好了～」

「混蛋！你敢再給我升官試試！我就抱著梅爾薩中校逃到天涯海角！」

「喔——你說要抱著誰逃走？」

一道人影站在薩扎路夫背後。那熟悉的嗓音令他臉色猛然發白，戰戰兢兢地回過頭。

「才想著准將的午餐休息時間太長過來看看情況，原來是在和元帥閣下暢談？把辦公桌上堆積如山的公文拋在腦後，聊得非常起勁嘛。我人微言輕不便掃了兩位的談興，這究竟是怎麼一回事？」

梅爾薩中校本人臉上浮現可怕的微笑站在那裡。薩扎路夫領悟到找任何藉口都沒有意義，徹底放棄對沒吃完的午餐的留戀，活像彈簧人偶般從椅子蹦了起來。

「我這就回去。那麼元帥閣下，告退。」

薩扎路夫沒有抑揚頓挫地簡短說完後，緊貼著梅爾薩中校並肩走回辦公室。那背影就像條脖子上拴了繩子的狗，看得伊庫塔大大地嘆了口氣。

「……變成那副德性也很傷腦筋。副官的人選可得謹慎挑選……」

想到同樣的命運可能明天就會降臨在自己身上，伊庫塔喃喃地說。他抬起頭，看著留在餐桌邊的哈洛。

「久等了。妳有話要跟我說吧，哈洛。」

「……是的。不過，那個……」

即使她什麼也沒說，青年從一開始就理解她的意圖。從哈洛顧忌被旁人聽見的反應，伊庫塔就半是察覺談話的內容。

「啊，想和我交談的是『她』嗎？——我明白了，到外頭散步聊聊吧。」

兩個人並肩走出餐廳，一路走到如今連演習也不再使用的廣場上。當周遭完全不見人影時，伊庫塔環顧四周後開口。

「——這裡視野開闊，不必提防有人竊聽。出來吧，派特倫希娜。」

被他用這個名字呼喚的哈洛肩頭顫抖一下，微微垂下頭。十幾秒後——與先前的她氣質截然不同的另一個她出現了。

「……我聽鬍渣男提起了上午軍事會議的經過。」

「唔，省了我再說一遍的麻煩。然後呢，怎麼了？」

青年十分爽朗向一陣子不見的派特倫希娜攀談。對於他毫不猶豫展現的友愛感到困惑之餘，她切入正題。

「……你對齊歐卡的行動先發制人的手段果然厲害，將我們的情報摻雜在包含你自己在內的荒唐『匿名密報』裡，消除真實性。如此一來，就算以後齊歐卡提出真正的告發，也不會有任何人當真……」

「因為這在可動用的手段中是最簡便的，我另外還同時進行了各種處理。例如妳在戶籍上的老家……不好意思，被我燒掉了。妳的『父親』和『母親』早已銷聲匿跡，不過幸好『五個弟弟』實際上並不存在。如果真有這些人，處理方式就需要大幅更動了。」

「那是用來維持哈洛精神穩定的設定，並未作到安排實體的程度，要蒙混過去還算輕鬆吧。至於『父親』和『母親』，現在應該回到齊歐卡報告了。真實身分曝光的間諜，留在敵國只是種風險。」

派特倫希娜無聊地哼了一聲，繼續道。

「實際上，齊歐卡提出簡單明瞭的『告發』的可能性並不高。因為這等於主動宣傳自己掌握不了間諜……因此，對付這類背叛行為的報復將悄悄地進行。在晚餐裡下毒、在人群中自背後捅來一刀──或許是明天、或許是五年後或十年後。在行動來臨前不給叛徒一絲休息時間，可以說是最大的報復。」

就連談論她們可能終會走上的命運時，她的語氣始終淡淡的。將投向虛空的視線轉回伊庫塔身上，派特倫希娜略微加重語氣說道。

「別誤會——我和哈洛都沒軟弱到畏懼遭到報復的程度。我好奇的是你的想法，伊庫塔·索羅克。從客觀角度來看，容許我們繼續留在同伴之內，不管怎麼想都是脫出常軌的判斷。」

自她聲調中透出的情緒與其說是懷疑，反倒帶著敬畏之色。直到現在，她依然難以準確衡量把她這個惡意人格一併納入懷中的伊庫塔·索羅克這名男子。

「在和我搏鬥的那一天晚上，你向騎士團成員們說了很多話……那些說辭通通是詭辯吧。」

「…………」

「要求他們把追究責任的對象追溯到遙遠的過去太犯規了。我們的行為害死了許多士兵，應該接受相稱的報應——這是軍中賞罰分明應有的標準。事實上，許多軍人都基於這個準則受到處罰，例如薩費達中將便是如此。」

伊庫塔沒有回答，派特倫希娜繼續試探——在青年沉默背後的真實想法。

「然而，你卻拿出其他衡量標準低估我們的罪行，這是明顯的雙重標準，你背叛了許多作為軍人一直以來捍衛的事物……你有所自覺吧。剛才談話時，你連一次也無法直視暹帕·薩扎路夫的眼睛就是證據。」

青年咬緊牙關，沉默不語。派特倫希娜轉換角度繼續追究。

「談談更實際的話題吧——你為何可以斷定，一度背叛過的人不會再度背叛？就算今天無意如此，但明天的事誰知道。不，搞不好我們從當下這一瞬間起就會開始準備下一次的背叛……你打算往後一直在背脊發寒的處境中同時與許多敵人搏鬥？」

派特倫希娜正面詢問青年。她無法模糊不清地擱置這一點不顧。並未打從心底理解眼前這名男子就把哈洛的命運託付給他，是她唯一絕對做不到的事。

經過漫長的沉默之後，伊庫塔緩緩地重新轉向女子靜靜地開口。

「我相信妳們——我認為我現在有資格說出這句話了。」

派特倫希娜不悅地皺起眉頭。從這個反應回想起對方的性格，伊庫塔語帶苦笑地補充。

「先不提哈洛，妳不適應有人拿信任當作依據吧。雖然是畫蛇添足，我就來補足一些道理上的說法——妳是在嚴酷的環境中為了保護哈洛而誕生的另一個人格，是這樣對吧？」

「……沒錯。」

「反過來說，在保護哈洛這一點上，妳比任何人都更誠實。代替她弄髒自己的手、代替她犯罪——妳一直以來都保護著哈洛的心。無論至今曾做出多少次背叛行為，唯獨這個來歷是堅定不移的。」

伊庫塔直視著對方的雙眼斬釘截鐵地說。派特倫希娜不禁向後仰。這名性格彆扭的男子偶爾展露的坦率部分，令她感到十分心神不寧。

「我想保護的東西和妳一樣。因此，妳以後沒有任何理由背叛我。妳不覺得這道裡非常簡單嗎？」

這是專為她準備的理論。伊庫塔瞥了謹慎地考慮是否要接受的派特倫希娜一眼，忽然垂下眼眸。

「然後——關於妳指出的其他部分，我無話可說。妳全都說對了。」

青年接下來的聲調中透出的沉重掙扎，令派特倫希娜赫然驚覺注視著他。

「與其站在光明正大的立場審判同伴的罪行，我更想和同伴一起犯下同樣的罪——我打從以前起就是這種人。因此我在騎士團內部和外部之間劃分了明確的界線，決定無論發生任何事都要保護在這條界線內的同伴……簡單的說，我從一開始就下定了結論。我連一次也沒苦惱過要不要原諒妳們這個問題，心中只考慮著該如何保護妳們。」

說到此處，伊庫塔發出一聲包含等量自嘲和羞愧的嘆息……要保護什麼？與什麼戰鬥？有時則是決定要割捨什麼？那是在戰場上不斷自問這些問題的他，處於現階段的自覺態度。

「另一方面，如今我同時是掌管帝國全軍軍紀的元帥……真是叫人暈眩的狀況。讓這種人當上軍方領袖還視為英雄崇拜，只能說是歷史性的大錯。總有一天，這個國家的每個人都將體認到這件事。」

伊庫塔激烈地低聲說道，沉默片刻。他花了幾秒鐘整理情緒後再度抬起頭，神色已恢復平常的沉穩。

「有點扯遠了，回到正題吧……我是真的對於以前沒有好好面對妳的事實感到內疚，馬修和托爾威也是一樣的。不過我有自覺，直接拿這一點挪用為原諒妳的依據是明顯的詭辯。因為這是除了我們以外，沒有人會接受的理論。如果其他人聽見，想必會憤慨不已。」

「…………」

「然而，當時我只能這麼說。如果拿出外部的基準……拿出賞罰分明的正確基準來衡量，馬修和托爾威將絕對無法原諒妳。無論再怎麼想原諒和接納，深入骨髓的軍人規範也將阻止他們這樣想……因此我透過詭辯給予他們機會，編造出讓他們得以原諒妳的理論。無論理論有多荒謬，我知道那是他們最想要的東西。」

他所說的每一句話，都像是溺水的人在水中吐出的氣泡。伊庫塔間隔著極為痛苦的呼吸，依舊往下說。

「雅特麗的掙扎，想必會比他們更加強烈。換作以前的她，應該會壓抑自我送妳上法庭，就和她遵從敕令想要討伐我的時候一樣。

不過——現在的她不同，融入我體內，身在此處的她的結論是……」

唯獨在傳達自己體內的雅特麗希諾・伊格塞姆的意志時，他的聲音停止了顫抖，堅定不移地斷言。

「騎士團是夏米優的搖籃，不能缺少任何人。這是絕對必要的——在她還是孩子的時期。」

斷然說完這句話的同時，伊庫塔以雙手抓住對方的肩頭，半是擁抱地告訴她。

「哈洛、派特倫希娜……我們能夠接納妳們作為同伴，但絕對無法在真正的意義上赦免妳們。因為妳的罪行已經是我們全體的罪行了。只有那些因為妳們的活動而負傷、喪命的士兵們，以及他們的遺族才有正當權利給予制裁。」

「…………！……」

「所以，我也——再也無法在最敬愛的人面前抬頭挺胸。」

伊庫塔回想起——為了貫徹詭辯理論不得不欺騙的所有人，對他們背負的看不見的負債，以及負債壓在身上的沉重。特別是面對指揮下的士兵們的死亡，感到最內疚的人必然是現場的階級最高的將領。

「……薩扎路夫准將……從今以後，我甚至無法乞求你的原諒……」

青年說出他絕不想欺騙的對象之名。幾滴透明的水珠滑落，沾濕了女子的衣襟。

*

「陛下，午餐送到了。」

「進來。」

在辦公室裡，夏米優一手拿著印章面對著堆積如山的文件。聽到守在門口的近衛隊長露康緹報告，她的視線沒有從文件挪開，直接回應。

「打擾了……陛下，請問……今天也準備這些就可以了嗎？」

侍女推著運送餐點的手推車入內，一邊將盤子擺在桌上一邊有點困惑地問。夏米優瞥了一眼，冷淡地回答。

「……沒問題。兩片玉米粉製的麵包、炒蔬菜燴肉、適量的優酪乳和水果，全都遵照了我的指示。」

「……是、是嗎？那麼，告退了……」

擺好餐點的侍女行了一禮，靜悄悄地離開辦公室。夏米優決定先處理完一堆文件後再吃飯，手頭依然不停工作著。然而，近衛隊長的聲音再度傳來。

「陛下，接連打擾您實在惶恐，但有客人希望會面。」

「會面？是誰？」

「是瓦琪耶小姐，據她本人所言，目的是『一起吃午餐吧！』。」

一聽到這句話，夏米優的印章蓋歪了一大截。她持續不停工作的雙手終於停了下來，投注在政務上的思考不得不轉向訪客。

「……雖然有些頭疼，總不能對索羅克提拔的人物置之不理……讓她進來。」

「遵命。」

露康緹馬上回應並傳達她的意思，接到指示的侍從跑過走廊的聲音遠遠地傳來。又過了幾分鐘後，夏米優感覺到訪客接近，她前方的對開門猛然地敞開。

「鏘鏘鏘鏘～人家這個午餐伴侶登場囉！這裡有孤伶伶地吃著難吃食物的可憐孩子嗎～！」

瓦琪耶開口第一句話就大聲嚷嚷。她遠遠突破預期底線的登場方式，令女皇不禁按著太陽穴呻吟。

「……幸好還沒開動，不然說不定會被剛剛的衝擊嚇得噎住。」

「哎呀真會開玩笑！不過太好了，我也帶了便當過來，這樣就可以一起吃了！啊，這張椅子借我坐喔？」

瓦琪耶發現一張與執政用椅子分開放置，供平常使用的藤椅，就拖到夏米優的辦公桌前，又把帶來的便當擅自在桌上打開，看得女皇皺緊眉頭。

「……我不記有徵求妳一起用餐，也沒准許妳就坐。事到如今才問也無濟於事，但妳不認為晉見皇帝應該學好最低限度的禮儀嗎？」

「嗯，約爾加教過我，但我通通當成耳邊風了。我打從以前開始就討厭禮貌、規矩之類的東西。夏米優妳很擅長這些嗎？」

「禮儀沒什麼擅長不擅長可說的，是身為皇族就會如同呼吸般自然習得的事物……話說，如果我沒聽錯，妳剛剛是不是省略了所有尊稱直呼我的名字？」

「嗯，我叫了妳夏米優啊。伊庫塔哥交代過，要我在私下場合別稱呼妳『陛下』。」

唔，夏米優不禁辭窮。一搬出伊庫塔的名字，她就無力反駁。瞪著對方悠哉的笑容好一會後，她輕輕地發出嘆息。

「……儘管還摸不清有何意圖，既然是索羅克的意思，就不能拒絕了。這件事我知道了。只限於沒有外人在場的私下場合，我允許妳直呼我的名字。雖然感覺上不太愉快。」

「妳討厭別人直呼妳的名字？」

「視情況而定──如果是被不熟的人單方面嘻皮笑臉地喊，大多數人都會感到不快吧。」

「嗯~的確沒錯。」

瓦琪耶抱起雙臂陷入沉思，不過沒持續五秒又再度開口。

「但是但是，我覺得夏米優感覺很親切耶，例如說像這份食物。」

「……？我的午餐怎麼了？」

「與其說怎麼了，不如說簡樸得很誇張。連低階文官的午餐都比這個豪華一點。不但菜色少，我看那些麵包甚至不是麵粉做的吧？」

少女指出這一點，直盯著擺在桌上的餐點。夏米優從鼻子裡哼了一聲。

「我還以為妳要說什麼……目前軍事費用的壓迫造成財政預算吃緊，不可能有多餘的錢花在奢侈的日常三餐上。麵包原料是玉米——我看好能夠提升至新主要穀物地位的農作物。我正在親自確認玉米加工後吃起來的滋味。」

夏米優心想現在沒空繼續處理公文，便伸手去拿自己的午餐。她撕下一小塊玉米粉麵包含進口中，咀嚼起來。

「……嗯。儘管比不上麵粉製的麵包，和初期試作品相比，口感已經大幅改善了。若是這種水準，足以接受作為常吃的主食……」

夏米優分析著麵包的滋味，忽然察覺眼前正有人拋來熱烈的注視。夏米優對於一雙黑眸閃閃發亮地盯著自己的科學家少女感到有點噁心，開口問道。

「…………為何這樣猛盯著我看？瓦琪耶三等文官。」

「小夏米優帥呆了～」

這句回答完全出乎意料。聽到少女沒頭沒腦的讚美，夏米優無法肯定這句粗率至極的話是不是真正的讚美，十分困惑地回望著她。

「帥……帥呆了？」

「嗯，妳超帥的。不僅年紀輕輕就以皇帝身分主持國政，每次爆發叛亂時還一一親自前往鎮壓，連吃飯的時候都顧念著百姓的生活。像這種超級少女，不說她帥呆了又該說什麼？」

聽到此處，女皇終於連結起對話的脈絡，心中同時湧現一股自嘲和煩躁。夏米優臉上浮現自嘲的微笑，望向科學家少女。

「……妳的判斷是錯誤的。」

「嗯？」

「真正優秀的君主從一開始就不會讓國家發生叛亂。而真正顧念人民的君主從一開始就不會讓他們挨餓。正因為我並非名君，世道才會混亂，人民才會為飢饉所苦。這是無庸置疑的因果關係。」

一切都是自己領導無方的結果。對於女皇而言，她說出口的責任歸屬在她心中是不辨自明的事實。然而，瓦琪耶愣愣地歪著頭，立刻反駁。

「這種說法很不科學。因為這一切都只不過是登基時機的問題，導致妳得一肩扛下直至上一代的暴政造成的後果。就算出發地點不好，一點也不至於影響妳個人的評價吧？」

妳在惡劣的狀況中拚盡全力了。這個觀點，在科學家少女心中也是理所當然的事實。夏米優把拿起的麵包放在餐盤上，開口反問。

「出發地點？——妳是指哪個時間點？」

「兩年多以前，妳登基為新皇的瞬間啊？」

一聽到這句回答，夏米優領悟到對方與她在認知上的差異。女皇從鼻子裡哼了一聲，抱著告訴幼童殘酷常識的心境說道。

「要回溯到九百多年前，才是我的起點。」

「——咦？」

連瓦琪耶也不禁皺起眉頭。面對困惑的她，夏米優淡淡地繼續道。

「皇室是血統的傳承，皇帝登基時會繼承歷代皇帝的所有功過。如此說來——作為個人的我從一開始就不存在。只是在這株即將腐朽的畸形老樹枝椏末梢，有一段名叫夏米優．奇朵拉．卡托沃瑪尼尼克的樹枝罷了。」

少女深信不疑地斷言……跨越世代傳承的財富和罪孽。從她以皇族身分誕生的瞬間起，人們就告訴她，她是這樣的存在。

「罪孽蘊含於血統之中。因此我從生來便是昏君和暴君……這也不用特別講出來。既然待在這座皇宮中，妳無須多少時間就會理解這個事實。」

就像這個話題已經談完了一樣，女皇再度開始進食。瓦琪耶愣了半晌，花費時間仔細咀嚼這番話後，嗓音微微發顫地問。

「……妳說這些是認真的？」

「別得意忘形了。我可沒興趣拿妳這種小人物開玩笑取樂。」

當夏米優沉下臉色威嚇對方，瓦琪耶低下頭陷入沉默。終於在這個人身上植入恐懼了嗎？女皇才剛放心地想著——可是……

「……妳……」

「？」

「妳是白痴嗎————————————————————————————————————！」

下一瞬間，少女迸出一聲宏亮得難以想像是出自那嬌小身軀的大喊。一路穿透鼓膜撼動大腦的衝擊，令夏米優僵住不動，手中的麵包掉了下來。

「——什、什……」

「說出這！這這！這這這！這種蠢話，不叫妳白痴又該叫什麼！那個活像專為了欺負自己而編造的理論是什麼鬼！扭曲、執拗又捏造過頭，簡直像抽了古柯葉發茫的雕刻家做出的前衛藝術品！先不談對錯，這種理論對誰有好處？喂，對誰有好處～？」

光是大喊似乎還不夠，瓦琪耶從桌上探出身子湊到女皇的臉龐前，從近在咫尺的距離再度大罵。

「聽好了夏米！什麼皇宮、皇室都只是世界的一部分而已！豈止如此，就連整個卡托瓦納帝國全體也不過是廣大世界的一角罷了！我的意思是說，除了束縛妳的狹隘價值觀以外，世界上還有其他多如繁星的思考方式喔？難得生得頭腦聰明，別被困在一個死角啊，可惡～！」

少女彷彿焦急難忍地胡亂搔著腦袋。夏米優只能茫然地看著對方抓狂，對於她說的話連一成都聽不懂。儘管如此，瓦琪耶還是毫不在乎地往下說。

「所以要我說多少次都行，小夏米優帥呆了！這跟妳本人怎麼想無關～這個看法是受到『主觀聖域保衛的絕對事實，不可能被駁倒！如果妳覺得不甘心，就變成連我都會倒胃口的壞孩子來瞧瞧！反正妳一定辦不到，因為妳終究是個乖孩子！哼哼～！」

瓦琪耶對著女皇吐舌頭。那不知為何完全開始挑釁的動作，看得夏米優莫名地心頭火起。她握緊了放在桌上的拳頭。

「……我的忍耐也是有限度的，瓦琪耶三等文官。馬上閉嘴離開我眼前！否則的話——」

「否則什麼啊？妳就要拔出腰際的佩劍？還是召喚近衛武官？哇～好遜～沒出息～天生是暴君和昏君的夏米優陛下，是個連跟同齡小丫頭吵嘴都辦不到的膽小鬼嗎～？」

「…………！」

「喔，剛才那句好像真的激怒妳了。好極了～好極了～要是拿出成熟穩重那一套怎麼吵得起來。我正在挑釁妳，全面否定妳一直以來重視的價值觀。再也沒有比這更令人氣憤的事情了吧？妳不可能不罵回來！」

啪擦！夏米優心中有某種東西斷了。她搞不清楚自己是針對什麼而發怒，極其衝動又反射性的回應了挑釁。

「——好吧，科學家，給我坐好！光是砍掉妳的頭不足以令我消氣！看我如何用千言萬語侮蔑妳無可救藥的欠缺思量與輕率舉動吧！」

「哎呀～一開頭就誇下海口啊！我當然會全力應戰！啊～真是的～小夏米優果然帥呆了！」

瓦琪耶反唇相譏，兩人隔著辦公桌展開激烈的爭吵。聽到一開始那聲大喊就衝進室內的露康緹，只能呆立在互相怒罵的兩人前方。

不管看在任何人眼中，那完全是小孩子在吵架——正因如此，沒有供外人從旁插手的餘地。

*

同一天傍晚，伊庫塔處理完基地公務回到皇宮，匆匆行走在通往女皇起居室的走廊上。

「呼……勉強趕在日落時回來了。看樣子來得及吃晚餐。」

青年眺望窗外的橘黃色天空，語帶微笑地喃喃說道。每天盡可能與夏米優共度時光，是他比起盡到元帥的職責更優先重視的目標。

「晚安，元帥閣下。」

一路上經過幾次守衛禁中的武官們直接放行後，如今成了點頭之交的近衛隊長迎了上來。伊庫塔舉起一手打招呼。

「晚安，露康緹上尉，工作辛苦了。帶我到她的房間去吧。」

她點點頭，和伊庫塔並肩而行。不過快要到達女皇的房間時，露康緹悄悄告訴青年。

「──索羅克大人。恕下官僭越，提供一個忠告。」

「嗯？」

「請做好覺悟，陛下目前的心情正陷入前所未有的不快。」

第一次收到這種忠告，令伊庫塔頗為驚訝。夏米優這名少女並非會把不悅寫在臉上的人。她既然會流露出情緒，代表今天心情惡劣到與過往無法相比的程度。

「陛下，索羅克大人回宮了。」

「…………讓他進來。」

如同證實他的推測，她隔著起居室門扉傳來的回應十分低沉。完成領路職責後，露康緹留下一句「祝您成功」便重返崗位。被獨留門前的伊庫塔感受到前所未有的凶兆，輕輕開門走進屋內。

「……我回來了，夏米優。今天拖得有點晚，妳是不是吃過晚飯──」

青年才剛進門，少女就從房間中央大跨步的走了過來。伊庫塔忍不住停下腳步，她一口氣走近到他眼前，深深地吸了一大口氣。

「那女人到底是怎麼搞的──────────────────────────────！」

夏米優用最大的音量向自己望眼欲穿地等候其歸來的青年大喊。隱約預測到這種情況的伊庫塔被在耳內迴響的叫聲震得暈眩，但還是謹慎地斟酌言辭開口。

「……妳是指米爾巴琪耶對嗎？」

「除了她還有誰？光是今天她就不知道做出多少無法無天的行徑，我連去數都嫌可笑！對於禮節滿不在乎，對於失言毫無自覺，講起話卻毫不客氣厚顏無恥！要不是她是你提拔的人，光是今天我都通告解僱她一百次了！」

「嗯，不，我很清楚妳說的意思。對於妳們之間上演的互動，我能想像出八成。妳的憤怒非常合理。所以不要顧慮，儘管痛罵我授予那個危險物品官職的歷史性錯誤人事安排吧。」

「我並非在責怪你，我怎麼罵都罵不夠的對象是那女人！麥琉維恩瓦琪恩・夏特維艾塔尼耶爾希斯卡茲！到底是什麼環境和教養方式才養得出那種人格？與她相比，連大眾喜劇裡的登場角色都更加文靜和有常識得多！」

「真虧妳唸出她的全名都不會咬到舌頭……」

「在開會時不顧其他臣子公然向我抗辯！只有這一點的話還可以評價為很有膽量，結果她又沒事就主動跑來隨心所欲的愛說什麼就說什麼！你能夠想像當她沒有事先預約就一手拿著便當闖進辦公室時，我有多麼困惑嗎？就算按照禮法事先約定，通常也得等待好幾個月才能和皇帝聚餐，那女人居然抱著約同學吃午餐的感覺就這麼做了！」

「嗯……因為那傢伙是個笨蛋……」

「做出那麼多無禮行為，那傢伙還嘻皮笑臉地叫我夏米優！利用徵得你許可的事實，無論我再怎麼催促她劃清主從界線也毫不在乎！再怎麼冷臉相待也毫無作用，她甚至還當面挑釁我！說、說我是連吵嘴都辦不到的膽小鬼！」

少女顫抖著肩膀垂下頭。伊庫塔第一次看到夏米優露出這種反應。

「退一百步來說——不，退一百萬步來說！我可以裝作是寬宏大量的君主，把這些事情都當成微枝末節不加理會！可是——最令我、最令我氣憤難平的是！」

「嗯、嗯……」

「我不時把那傢伙的言行舉止和你的身影重疊在一起！和剛相遇不久時的你！這比任何事都更令我煩躁、憤怒、無法原諒——我、我——！」

過度激憤的情緒超出語言可描述的範疇，少女無法再說出話來。在那一瞬間，伊庫塔展開雙臂緊緊抱住夏米優。

「……我們在彼此性格尖銳的時期展開交流，因此那傢伙的性格無論從正面或負面角度來說都受到了我的影響。抱歉，夏米優。那傢伙不知輕重的性格，害妳非常生氣吧。」

「…………嗚——……！」

在緊抱住自己的臂彎中，難以處理情緒的少女揮起粉拳連連敲打青年的胸膛。伊庫塔全面接受那些可愛的衝擊，在她耳畔輕輕呢喃。

「把妳和那傢伙吵架時的想法、感受全部宣洩在我身上吧。再怎麼大喊大叫或是打我都沒關係，也可以捏我、可以抓我。不過妳別擔心——直到妳消氣為止，我會一直待在這。」

只要少女有想法想要宣洩，青年決定全部接納下來。他緊緊擁抱在懷裡的不是女皇，而是單純是個孩子的夏米優。

從結果來說，她在晚上十點耗盡了體力。

「……氣得累了，直接睡著了嗎？」

少女躺在床鋪上，枕著他的膝蓋發出睡夢中的鼻息。望著那副與年齡相符的天真模樣，伊庫塔溫柔地梳過她的金髮。

「……看來從中午起的幾個小時內，投向自身與皇室之外的憤怒占據了她的思緒。那股怒氣強烈得撼動了這名自制力非比尋常的少女，氣得她不遷怒在我身上就受不了。」

這個事實甚至令伊庫塔產生某種感動，他喃喃低語。

「做得好，瓦琪耶——這正是我找妳來的意義。」

＊

「我回來了～」

同一時間，建於皇宮角落的官僚宿舍。瓦琪耶旁若無人地衝進位於宿舍一樓的約爾加．戴姆達利茲三等文官的房間，拋出這句話。正坐在桌前整理削減經費構想的約爾加皺起眉頭。

「……不，什麼叫我回來了？這裡可不是妳的房間喔？妳這樣毫不猶豫地脫掉外衣坐在床上是很奇怪的喔？」

「咦～住這裡有什麼關係～我今天能量消耗很大，走回房間好麻煩～讓我睡在這邊吧～」

少女說完後就重重趴在床上。約爾加慌忙起身離座。

「妳占走唯一一張床，那我到底要睡在哪裡？快起來！不動的話我就把妳扛回妳的房間！」

「那樣感覺很輕鬆，好耶～靠你啦～」

瓦琪耶彷彿決定連一根手指都不願主動挪動一下，任由科學家老友擺布。約爾加一臉半是放棄地準備扛起她，此時忽然察覺異狀，瞪大雙眼。

「……？妳的臉頰怎麼了？」

他指向瓦琪耶的臉詢問。正確地說，是指向她臉頰上鮮明的紅腫巴掌印。

被問到的當事人嘻嘻發笑，反倒態度自豪地宣言。

「看不出來？——這是我今天最大的成果。」

第二章

Alderamin on the Sky

各自的現況

砲彈落地的聲響從一公里外傳來。越過望遠鏡同時看見砲彈擊中後冒起的濃密煙霧，微胖青年發出感嘆。

「……嗚喔喔……」

在他身旁，黑髮青年和翠眸青年也目睹著同一幕光景。觀測完砲擊的伊庫塔放下望遠鏡，對於結果輕輕頷首。

「……嗯，命中地點的誤差在容許範圍之內。儘管中間費了很多工夫，總算達到了可實際運用範圍。」

伊庫塔把手放在安置於眼前的物體──以斜角朝向空中聳立的鐵塊上，開始發言。

「那麼，重新說明一次吧。這是爆砲，利用火精靈產生的『揚氣』的爆發力來發動的高火力鎮壓兵器。雖然遠遠落後於齊歐卡，歷經夏米優在登基後改變方針、和阿爾德拉總部國斷絕邦交，帝國終於也能夠製造這種兵器了。」

爆砲的製造可以說是在內亂的紛擾中順勢展開的，但這無論如何都是軍事上的進步無誤。伊庫塔略過關於製造的各種問題，針對實用層面繼續說明。

「順便一提，這具爆砲以尺寸來說屬於小型。由於是仿照在尼蒙古港海戰中捕獲的敵方軍艦爆砲製造，尺寸必然是以能夠搭載在軍艦上為前提設計的。齊歐卡多半有能力製造更大型的爆砲。若是最大型規格，威力應該不是這具爆砲能夠比擬的。」

「威力不是這具爆砲能夠比擬的……到底有多強大啊？我無法想像。」

「嗯～我想想……如果說一發砲擊就能轟碎那一帶的建築物，你們能夠體會得到嗎。」

伊庫塔若無其事地說出可怕的形容。馬修感到背脊發寒，肩膀一顫。

「很遺憾的是，受到技術問題所限，我們現階段還製造不出那種大傢伙。話雖如此，也不必感到悲觀。因為這種尺寸是最適合在戰場上做運用的。」

伊庫塔樂觀地說道。尺寸更大型的爆砲不是防衛戰用的固定砲台，就是得將零件運送到戰場進行組裝。那些大型爆砲依運用方法而定肯定相當強大，但先從通用性最高的尺寸來逐步熟悉這種兵器是正確的流程。

「首先，你們倆要摸熟它的性能。」

「這是以後將成為主力的新兵器。果然和從前的風臼砲有本質上的差異嗎？」

「基本上可以看成不同的東西。爆砲使用的是揚氣，操作時增加了許多需要注意之處。整備、檢查、運用──在各個層面都需要抱著和以前截然不同的謹慎態度。也必須以搭檔是火精靈的士兵為中心，編組新的砲兵部隊。」

我目前正在著手此事，伊庫塔補充道。微胖青年彷彿想起什麼似的轉向他。

「……一不小心差點忘了，你已經當上元帥啦……趁這個機會問一下，從軍方頂點往下俯瞰組織是什麼感覺？看見的景色果然會為之一變嗎……？」

「一言以蔽之，就是很麻煩。唯一的救贖，只是有權限調整軍方好方便我輕鬆行事而已。」

這番毫無感慨可言的感想聽得馬修頹然垂下肩膀。托爾威鼓勵地輕拍他的背。

「回到正題——雖然剛才談到各種如何操作爆砲的方法，坦白說這些是砲兵的工作，調派士兵的指揮官只須掌握概要就夠了。關於這方面，下次我會擔任講師舉辦專為軍官設計的教學，你們也要確實出席。」

「我們和你不同，才不會翹班……好了，具體而言你想要我們做什麼？提前找我們過來，是有什麼目的吧？」

伊庫塔點點頭重新轉向兩人，鄭重其事地告訴他們。

「馬修、托爾威——依照現況，你們指揮的營是名符其實的帝國軍最先進部隊。特別是散兵戰術的熟練度，沒有其他部隊足以相提並論。這代表往後其他部隊將參考你們的做法來逐步鍛鍊用兵技巧。」

「喔、喔，聽你這麼說，總覺得肩頭沉甸甸的……」

「……我自認理解自己背負的責任有多重大。以後我會作為楷模——啊嗚？」

托爾威正要神情緊繃地表明他已做好心理準備，就被伊庫塔彈了額頭。黑髮青年哼了一聲，看著眼角泛淚摀住額頭的托爾威。

「別擅自做總結啊，小白臉。誰也沒叫你們認清背負的責任。我想說的正好相反，只要你還擺出一副眉頭深鎖的表情，就沒有人會跟隨你前進。」

「咦咦？」

「所～以～說，我的意思是，別無自覺地提高參加的門檻。掌握最先進技術的你老是散發出緊張的氣息，會嚇退那些想學習同樣技術的人吧？還是你打算獨占狙擊和散兵技術，當成雷米翁的專利？」

「不——不，沒這回事！我反倒更想把自己的技術盡可能傳授給更多士兵……！」

「那就保持和想法相稱的態度，努力廣開大門推廣戰術普及化……我很久以前就曾說過，現在再重複一遍。輕鬆的戰爭才是正確的戰爭。只要凡事還是只有你一個人操勞，就離實現這個目標十分遙遠。」

一聽到這句話，托爾威赫然驚覺。他發覺在身為次世代戰場開拓者的責任感壓力之下，自己又快犯下視野變得狹隘的毛病。

「就目前而言，只要你鬆開眉頭就算及格了。我不在的時候也別大意喔。如果我發現你又變回原樣，無論幾次都會馬上趕回來彈你額頭喔。」

伊庫塔邊說邊往左手中指和拇指使力。確認過翠眸青年連連點頭之後，他總算收回手，又原地轉過身。

「好了——那我要回宮了。」

「啊？你說什麼，現在才下午一點耶？」

「我知道，但我今天無論如何都想陪伴夏米優。之後的事就交給你們了，我走啦！」

話聲方落，伊庫塔就留下兩人邁開步伐。馬修半是傻眼地目送他的背影發揮不像拄著拐杖能夠達到的速度漸行漸遠。

「……那傢伙，完全變得對陛下過度保護啊。」

「這代表他有多珍惜她。我認為這是好事。」

托爾威說完露出微笑。馬修聳聳肩，嘟囔了聲「也對～」。

另一方面——一名高個子的女子在一段距離外關注著三人的模樣。

「……吶，派特倫希娜。」

遠遠眺望著同伴們的身影，哈洛呼喚體內的另一個人格。如同回音般的回應在不久後傳來。

——哈洛。妳最近常像這樣找我說話，最好別這麼做。

「…………」

——我和妳的意識本來並不是像這樣並行存在的。我沉睡時妳清醒，妳沉睡時換我清醒。至於原因——事到如今也不必多說了吧？

這個問題，令哈洛猛然咬住嘴唇，她回答。

「……是為了保護我的心靈。為了將我與妳所犯的罪行切割開來，得以保持無自覺狀態……對嗎。」

——沒錯。然而，自從伊庫塔．索羅克擺了我們一道之後規則就改變了。界線變得模糊起來。被同伴完全接納的妳，在真正的意義上得到能夠安心的歸宿……正因為如此，妳開始直視我一路以來所犯的罪。

她發出蘊含強烈危機感的忠告。哈洛倒抽一口氣。既然忠告來自於派特倫希娜，她絕不可能輕忽以對。

——所有的事都是派特倫希娜（我）做的。妳真的打算捨棄這個一直以來保護哈洛心靈的結構嗎？我並非在生氣，我是害怕——怕妳被罪惡感擊垮。我至今手上沾的鮮血，多得足以擊垮妳。

哈洛聽到後用力握緊雙拳……她的顧慮多半是正確的，儘管如此，哈洛一點也無意為了這個理由而猶豫不決。

「……不要緊。我沒空被擊垮。」

哈洛抱著決心斬釘截鐵地說。她被允許往後繼續作為「騎士團」的一分子，同伴們為此背負起和她同等的罪孽。該如何接受這個事實、如何活下去——從作為間諜落敗的那一刻起直到今天，她都專注地不斷思考這個問題。

「所以，光靠至今為止的我已經不夠了。」

——………哈洛。

「有妳的力量，我就能做到更多的事。沒錯吧？」

——哈洛！

察覺到對方即將做出的結論，派特倫希娜加重語氣打斷話頭，她就像個勸戒頑固妹妹的姊姊一樣繼續往下說。

——冷靜點，唯獨這件事不行。如果妳有意識的使用我的力量，將再也沒有任何藉口了，再也沒有界線可言，妳將跨越繼續當乖孩子哈洛所需的最後底線。

「……這……！」

——坦白點，我有以折磨他人為樂的嗜好。有對於背叛感到愉悅的扭曲心理。當劃分妳和我的界線消失，代表妳本身就變成了快樂殺人犯。愉悅地殺人——無論以後妳怎麼面對罪行，都改變不了這段過去。

「……！」

——我學到的技術全都屬於這一類：詐欺騙術、審問技巧、拷問技巧——沒有任何一種在使用之後會直接帶來光明的結果。雖然說任何東西只要用得好就能發揮作用，但世上存在著光是使用就會對精神造成負面影響的技術。妳認為妳最喜歡的那些人，會期望作為乖孩子的妳以這種形式逐漸磨滅嗎？

哈洛無法反駁，只是咬緊牙關陷入沉默。無力感、焦躁感、罪惡感，最強烈的是對同伴們的感情——派特倫希娜努力地冷靜說服受到這一切折磨而陷入不安定狀態的她。

——哈洛，別衝動。如果妳有危險，我會出來設法解決。以後我會把「騎士團」成員也劃進最優先保護的範圍內。接受這個提議吧。我們的人格正以現在進行式持續走在鋼索上，如果粗心大意地滑了一跤，很可能就此直接崩潰。

為了保護哈洛的心靈而誕生的她，發出充滿誠意的忠告。明知道應該聽從，但過去那些一味聽從而未能做到的許多事物閃過腦海，令哈洛的心焦灼不已。

「……我……！」

同一時間。在皇宮一角，即將上演一場結果出乎任何人預料的接觸。

近衛隊長露康緹．哈爾群斯卡的任務，主要是擔任女皇的護衛與負責皇宮內的警備，當部下守衛在夏米優身邊時，她有時也會巡邏皇宮兼作為對衛兵們的指導。她現在正在巡邏途中，但一進入走廊，來自意外角度的說話聲落了下來。

「……午安。」

「嗯？」

女騎士猛然退後，抬手按住劍柄。在她目光所及之處，一名少女——瓦琪耶三等文官如同蝙蝠般倒掛在天花板上。

「人站在天花板上太奇怪了！瓦琪耶三等文官，原來妳是妖魔鬼怪嗎！」

「哈哈哈哈哈！看妳反應這麼吃驚我很開心，但我絕非那種不科學的存在～！」

瓦琪耶的腳離開天花板，在半空中翻了半圈後英姿颯爽地降落——本該如此的。起碼少女本人是這麼計劃的，但實際操作起來卻從第一步即告失敗。她的腳沒法移動。

「……咦？手、手碰不到固定部分……我、我的腹肌已經……！」

原本用來站上天花板的機關反倒招來惡果，少女動彈不得。露康緹愣愣地仰望著這希奇古怪的情景，不久後頭頂傳來一陣哭訴。

「……下、下不去了～露露救我～」

「——什麼啊，原來只是腳底粘在天花板上嗎？」

從附近的房間搬來踏板幫助瓦琪耶下來以後，露康緹來回比對落地的她和留在天花板上的機關，一臉失望地說。

「真是遺憾。在為數眾多的騎士道故事裡，不分善惡經常出現非人的生物。本來還以為這次終於輪到自己遇上了，覺得非常振奮呢。」

「哎呀～真丟臉。要不是妳路過，我就會血衝腦門陷入麻煩了。」

瓦琪耶害臊地搔搔頭。她的雙手突然伸入白衣懷中，再抽出來時指縫間夾了大量的點心。

「所以，這是謝禮！別客氣，儘管拿去吃！」

「實在感謝，但騎士行事不求報酬，妳的好意我心領了。」

「那就別當成謝禮，純粹陪我一起吃點心如何？」

「雖然我很想答應，可是值勤期間不能吃點心的。」

露康緹猛然從點心上別開目光，拒絕誘惑。瓦琪耶很遺憾地往嘴裡塞了一個點心，正準備再向對方說話時——

「——妳們在皇宮的走廊上做什麼？」

兩人身後傳來黏膩的說話聲，露康緹馬上回頭敬禮。

「狐狸大人。下官正收到瓦琪耶大人共進點心的邀約。」

「這愚蠢的回答聽得我頭疼。我應該說過，別用你們的俗事玷汙神聖的空間吧。」

男子帶著輕蔑之意說道。奸臣托利斯奈·伊桑馬身穿象徵最高階文官的卡其色裝束，佇立在前方。瓦琪耶不必詢問也料到對方的身分，興趣十足地望向他。

「——原來如此，你就是傳說中的托利斯奈·伊桑馬。的確風格獨具。」

「不要搶先對初次相見的人直呼其名。妳是誰？」

「麥琉維恩瓦琪恩·夏特維艾塔尼耶爾希斯卡茲。從一個月前起擔任三等文官的年輕人。還請對我這個不成熟的後進多多指教，宰相。」

瓦琪耶浮現與對方形成對比的無邪笑容，打了招呼。也許是對她不帶敵意的態度感到意外，托里斯奈思索了幾秒該說什麼。

「——哇～這是怎麼搞的？」

結果，此時又有一名人物加入對話。正是恰巧——或者說不巧經過走廊的伊庫塔．索羅克。

「嗨～伊庫塔哥！今天也提早翹班，你臉皮真厚！啊，要吃點心嗎？」

瓦琪耶再次從白衣裡掏出點心。伊庫塔拿起一塊遞到眼前的點心送進口中，與眼前的仇敵四目交會。

「……伊庫塔．桑克雷。我剛才從此人口中聽到了奇特的言論。」

「如果是指那傢伙擔任文官的事，那是事實。是我安排的。」

「耶～獲得背書！徇私任用太棒了！」

當事人舉起雙手露骨地說出口。托里斯奈瞥了她一眼，神情嚴肅地問。

「……你精神正常嗎？」

「…………正常得很。」

伊庫塔停頓了好一會才回答。狐狸從鼻子裡哼了一聲，聳聳肩。

「既然你受到陛下重用，我不會要求你完全不干涉錄用臣子的事務。不過，這裡既非雜耍戲棚也非托兒所。我不想認為好歹也是帝國元帥的人，連這點分寸都分辨不清……」

伊庫塔苦澀地接下他的調侃和輕蔑的目光，沉著臉勉強回應。

「……我的確是因為她派得上用場才找她進來。等日後再下評價吧。」

由於自知這個人事任命非常亂來，除此之外他也沒有其他話可說。托里斯奈那爬蟲類似的視線從青年身上轉向瓦琪耶。

「……麥琉維恩瓦琪恩・夏特維艾塔尼耶爾希斯卡茲三等文官。」

男子以流暢無礙的完美發音呼喚眼前的少女。這令瓦琪耶雙眼圓睜，難得坦率地重新轉向對方。

「——什麼事？」

「妳是猴子？還是人類？」

他的問題極其無禮。不過，瓦琪耶反倒很中意這種直言不諱的說話方式，挺起胸膛回答。

「問得好。答案只有一個——人類是學會思考的猴子！」

這是她本人眼中最幽默的答覆，聽到的人卻毫不理睬。托里斯奈露出輕蔑的表情看著她嘴角殘留的點心碎屑，淡淡地提醒。

「宮中所有區域都禁止在走廊上飲食，同樣也禁止私語。若要主張妳不是猴子而是人類，就遵守好這點程度的規矩。」

話一說完，托里斯奈馬上轉身往走廊走去。在離開之前，他又補上一句話。

「今天我暫時放妳一馬。不過——我沒有飼養猴子的興趣。記著，只要暴露出無能醜態，妳的人頭就會即刻落地。」

托里斯奈發出嚴肅的告誡後，從三人面前離去。在這還濃密地殘留著那股氛圍的空間裡，科學家少女吹了聲口哨。

「……咻～好威風啊～那個人的確值得當成對手，伊庫塔哥。」

「……………」

「……伊庫塔哥？啊！好痛！」

伊庫塔一站到瓦琪耶面前，兩手食指立刻按住她的太陽穴不停旋轉。他一邊旋轉，一邊抱著難以忍受的心境向師妹開口。

「……吶～瓦琪耶。我剛才體驗到被那隻狐狸懷疑我是否具備常識的前所未有經驗，妳明白那是什麼感覺嗎？能夠在多少字之內自由描述出來？」

「好痛痛痛痛……！……十、十個字！」

「好，說說看。」

「真想找一個地洞鑽進去！」

呀啊～！在停頓一下之後，少女的慘叫聲傳遍皇宮。姑且不論答案正確與否，不管她說什麼，結果多半是大同小異。

雖然剛回宮就碰見意外的狀況，伊庫塔之後馬上去找已結束上午安排的接見，正在辦公室裡處理公務的女皇。

「——索羅克？」

看見他的身影，夏米優慌忙地從椅子上起身。以元帥的身分來看，他不可能在這個時間回到皇宮，從他額頭浮現的汗珠，也可以明顯發現他是勉強排開行程過來的。

「呼——上午的工作排得還滿緊的，幸好趕上了。」

伊庫塔面帶笑容說道，裝作若無其事地走向少女。夏米優出聲制止了青年，主動走過去攙扶他的肩膀。

「我說過要你別逞強的……！現在和以前不同，你的腿有舊傷。今天的會議本來是針對文官舉辦的，你不需要勉強出席……」

「這可不行。今天那隻狐狸會出現。」

青年毫不猶豫地斷然回答。他溫柔地以手梳過少女的金髮，繼續說道。

「我剛才早一步碰見他了。由於想以可能範圍內最快的速度消除那段記憶，詳細經過就不談了，但他依然是老樣子。」

「光是牽強地找個理由把他派往偏遠地區幾個月，他是不會有任何改變的……即使扣掉腳傷，我也不想讓你對上他。因為他是遲早有一天要由我親手解決的怪物。」

「雖然在這一點上和妳見解有所不同，無論如何，那傢伙會參加今天的御前會議。必須做好相對的心理準備。」

「……嗯。」

「複雜的是，那隻狐狸並非妳的政敵。他本人反倒會主張自己是妳的熱烈支持者吧。然後，用那股扭曲的熱情踐踏妳的心。我心知肚明，這次他肯定也孜孜不倦地準備了用來將妳塑造成理想君主的招式。」

青年咬得牙齒喀喀作響。然而，他也並非沒為今天做任何準備。

「可是，事情會那麼順利嗎？——今天和過去有些不同。」

又過了一小時後，在夏米優和伊庫塔位居上座的空間內，閣員們齊聚一堂。

「陛下，向您問安。首先，請容我替作為宰相長期缺席一事致歉。」

托里斯奈恭敬地低下頭。女皇帶著殺意瞪視著他的身影。

「你弄錯了該道歉之處。把你派往僻地是我的意思，而最為我帶來困擾的，正是你歸返的事實。」

「在陛下成為完美君主的那一天，臣任您隨意處置。不過——我知道您尚且需要我的協助。請放心，哪怕僅是綿薄之力，只要還能作出貢獻，臣都會趕來御前效勞。」

面對男子如同龜裂般的笑容，許久沒感受過的厭惡感令夏米優背上泛起雞皮疙瘩。她唾棄地告訴他。

「……我明白你仍然是個無可救藥的瘋子了。那麼，我想把浪費在聽你胡言的時間縮短到最低限度——准予上奏。報告吧，狐狸。」

好歹徵得了發言許可，托里斯奈悠然地以眼神致意後開口。

「第一點，對於任地的視察任務已順利完成。北域人口稀少地區的可觀之處不多，陛下給予足足兩個月的期限有些可惜了。

就這麼無所事事地度日相當於尸位素餐，因此我盡可能探訪了更遠的地方。結果因此目睹了有些危險的情況。」

「……危險的情況？」

女皇瞇起眼睛催促他往下說，狐狸停頓了一下後，反問君主。

「太平宗——陛下聽過這個組織嗎？」

聽到意外的字眼，夏米優皺起眉頭淡淡地回應。

「……帝曆七二〇年那時期在國內自發產生的原始共同體。原本是一個拒絕貨幣經濟，建立於自給自足與以物易物之上的封閉集團，但隨著吸收為重稅所苦的貧民日漸茁壯成巨大勢力。在神官之中有許多人贊同其思想，受到神官支援，因此花了很長的時間才徹底瓦解其組織。」

「陛下實在知識淵博。」

托里斯奈滿意地笑著稱讚。看見眼前的少女展現出屬於優秀君主的言行，是這名男子最心滿意足的時刻。

「我此行發現有相同的集團出現，規模正在擴大。當然，陛下想必已然知情。」

「……我聽說流民們聚集起來，根據獨自的規則形成了村落。不過，當場就將他們和太平宗聯結在一起未免太過牽強？單純從規模來看，也和歷史上的太平宗無法相比吧。」

「在觀測的時間點是如此，但可以預料組織現在更進一步擴張了。往後的情況也無法樂觀以對。

之所以這麼說，是因為和太平宗最興盛時期相比，目前帝國的狀況絕對稱不上良好。

「稱不上良好？你有資格說……！」

女皇傾注心中所有的憎惡，瞪著帶頭將帝國推入困境的元凶。此時，坐在她身旁的伊庫塔輕輕地搭上她的手。這個動作促使少女平靜下來，連做了幾次深呼吸。

「……我理解原因出在社會的不安情緒高漲和對政治的不信任。有一部分也是先前阿爾德拉教徒的大逃亡留下的餘燼吧。要促使共同體解散，必須提供住處和工作給流民們，但是……」

聽到女皇的回答，托里斯奈垂下眼眸微微搖頭。這是他得到符合期待的答覆時的反應。

「請別提出這種不夠嚴格的處置方式，他們可是罪犯啊，陛下。」

「……罪犯？」

「正是。叫人惶恐地拒絕遵從陛下制定的法令，依照自行捏造的異質規章逃避徵稅，過著自私自利的生活——這還不稱作犯罪又該稱之為什麼？那些傢伙並非應當拯救的貧民，而是該接受懲罰的罪犯。居住在帝國領土上竟敢無視陛下的威望，再也沒有比這更不敬的行為！」

「……總之，你想說的什麼？」

女皇打斷滔滔不絕的話語，一針見血地問。托里斯奈加深笑意地說出回答。

「下敕令誅伐嚴懲，以儆效尤。」

閣員們聽到之後一片騷然。此前一直在女皇身邊保持沉默的黑髮青年，舉起一手制止他們。

「……建議君主屠殺人民。你這個奸臣也做到極致了，狐狸。」

「說出這種話的你才是膚淺，伊庫塔．桑克雷。我是狠下心腸才這麼提議。太平宗──最初也只是貧民聚在一起生活，不構成多少危害的集團。然而，隨著聽到傳聞後前往會合的群眾增加，太平宗出現了致命的變化。你知道是怎麼回事嗎？」

「日漸缺糧的集團集體化為山賊，對吧……當人數超過該土地足以養活的人數容許量，在封閉環境中自給自足的定居生活就不復成立。即使人數沒有過量，碰到危急狀況時也得不到來自別處的支援，只要農作物歉收一次，整體的生計就會出現致命的惡化。一旦發生，他們只能前往其他地方尋找食物。」

「既然你已經理解到這一層，也會同意我的提案吧。我的意見是應該在問題發生前先防範於未然。過去有大批群眾對於太平宗懷抱錯誤的憧憬。因為阿爾德拉教的倫理觀肯定清貧，自給自足的樸素生活乍看之下像是實現了清貧的理想。內閣和軍方都被這種印象矇騙，默認太平宗的存在，結果導致那群人集體化為山賊嚴重危及周邊地區的治安。我再問一次，我認為應該先下手為強除掉他們的意見有誤嗎？」

「我要說的是，想防止這種狀況發生，除了屠殺以外還有很多可行之道。提供他們生活所需與工作，將他們重組進正常的經濟體系中，這就是為政者該盡的職責吧。還是說，你企圖處死所有失業者，好實現零失業率的理想社會？」

「援助其重返社會──如果對象只是失業者，這作法很正確。不過，你果然也忘了那群人身為罪犯的事實。輕視國家法律的無賴，根本沒資格接受陛下賜予的恩惠。貧窮無法當作藉口。只不過因為挨餓就喪失的忠誠，豈非和打從一開始就不存在沒兩樣？」

托里斯奈毫不猶豫地斷然說道。被這番咄咄逼人的言論觸怒的伊庫塔握緊雙拳。

「……那麼，你可曾挨餓過哪怕一次……？」

那段和母親在山野中忍受窘迫生活的日子閃過腦海，不由分說地復甦的記憶，令青年擠出低沉的聲調。

「你經歷過沒有任何食物可吃，只能把周遭的東西一一塞進嘴裡試著嚥下的經驗嗎？不小心吃到毒草或毒菇，倒地打滾掙扎的經驗呢？知道瀕臨餓死前，餓得彷彿腹腔裡有把像火在燒的劇痛嗎？」

他恍如昨日地回想起所有痛苦。因為這些記憶密切關係到母親的死這個最糟糕的悲劇。伊庫塔渾身發抖。無論多麼憤怒都不夠——迫使他們母子陷入那種困境的罪魁禍首，輕視飢餓之苦的事實令他極其憤怒。

「你不可能知道。對此稍有認識的人，絕不會說出『只不過因為挨餓』這種話——！」

「好了，暫停。先說到這裡為止。」

當伊庫塔激動起來，先前在下座關注情勢發展的少女打斷了他的發言。青年望了過去，發現他的科學家師妹投來規勸的目光。

「冷靜點，伊庫塔哥。我明白你的心情，但連陛下也會被這番話刺傷啊。」

聽她一說，他赫然回神轉向身旁，望見少女血色全無的蒼白側臉。伊庫塔想起自己剛才的愚蠢言行悔恨得緊咬牙關——不知飢餓，因為這種責備而最痛苦的人就是這名少女啊，為什麼自己沒有發現這一點。

「……抱歉，夏米優……抱歉。」

除了緊握她的手道歉外，伊庫塔什麼也做不到。瓦琪耶瞥了兩人一眼，靜靜起身再度開口。

「我想這大概是我的工作，就不知輕重的以外人身分插嘴了——這裡是討論各項內政問題的場所，不是處理你們之間的牽連糾葛的地方。我沒說錯吧？」

她接著說出的台詞聽得閣員們瞪大雙眼。能夠在這種狀況下恬著臉講出大道理，是這名少女特有的長處。

「既然如此，我希望各位分清楚品格優劣和意見好壞的差別。這是個好意見，可是出自那傢伙口中就不採納；這個意見不好，不過既然是那個人說的就通過吧——一旦這種以人廢言的判斷盛行，議論本身即淪為鬧劇。僅僅激化彼此的恨意，討論的議題卻毫無進展，對於在場所有人來說都是最白費力氣的結果吧？」

瓦琪耶並未直接涉及盤旋於皇宮內的牽連糾葛。正因為如此，她的視線對於在場所有人平等得近乎殘酷。少女毫不忌諱地告訴眾人。

「在這個前提之上，我這個非正規出身者的感想是——兩種意見都可行。」

「————！」

「在法治以及群眾化為山賊的風險考量下，予以嚴懲也行；另一方面基於社會福利精神，促使該集團和平解體回歸社會也行。兩者都有其判斷依據與預料得到的結果。就算選擇嚴懲，在思考如何具體執行的階段大概會有所調整。殺雞儆猴的處決，人數不必太多就有效果。」

瓦琪耶並未在感情上偏向其中一方，斷然判斷兩種作法都是可以選擇的手段。她展現作為科學家的公平，視線轉向上座的托里斯奈。

「但是，宰相大人。在討論處置方式之前，為何不先確認最關鍵的一件事？」

「…………？」

「所以說，這裡是卡托瓦納帝國，也就是實施帝政的國家。比起好處或壞處，進行政策判斷時最重要的因素不必多說，自然是陛下的意向吧？」

瓦琪耶如此說道，望向臉色依然蒼白的夏米優詢問。

「吶，陛下，妳想懲罰那些造成問題的人？還是拯救他們？」

「——」

「他們兩人的意見本質的差異全出在這一點上。從為了國家利益採取的措施這層意義來看是相同的。唯一的差異，在於要懲罰還是拯救事件的當事者。您本身期望哪一方？」

「……我、我……」

受到剛才的爭執影響而思緒混亂的夏米優無法馬上回答。她心想這樣不行，正準備甩甩頭動腦思考，發問者本人卻伸手制止。

「等一下，別思考。妳很聰明，一花時間思索想法就會偏向邏輯理論。現在不需要那些。」

數。

被瓦琪耶筆直的目光盯著，女皇不知不覺地倒抽一口氣。不等她恢復冷靜，瓦琪耶馬上開始倒

「我問的不是何者正確，而是妳想採取哪種作法。依照直覺在三秒內回答。」

「——咦——？」

「開始囉？三、二、一——」

「——拯、拯救他們。」

答案流暢地脫口而出，流暢得連夏米優她自己都很吃驚。身為以暴君的稱號臭名遠播的女皇，極其坦率地表達了意向。週遭的閣員們不禁瞠目結舌。

一聽到那個回答，科學家少女咧開嘴——露出如同盛開向日葵般的笑容，雙手猛然重敲在面前的桌子上。

「——聽見了嗎！這正是陛下的想法！」

瓦琪耶以壓倒在場眾閣員的聲調宣言。她雙眼閃閃生輝地繼續道。

「想拯救陷入困境的百姓！別懷疑陛下說出口的心意！我們要議論如何擬定具體措施，以實現陛下的意向！內閣本就是為此而存在的機構！」

她毫無顧忌地提出極端的論點。不過，閣員們聽到後確實回想起來——君主指出應當邁進的方向，作臣子的則貢獻知識盡力地加以實現。這是帝國喪失已久的，理所當然的君臣關係。

「既然大家了解這一點，就繼續往下討論吧。拜陛下所賜，問題已集中在該如何拯救那些群眾

上。現在事情比起剛才更加簡單容易討論了吧？」

瓦琪耶語畢挺起胸膛。一片沉默籠罩著掙扎的幕僚們——沒多久之後，其中一人戰戰兢兢地舉手發言。

「……聚集在問題村落的群眾裡，應該有許多人是厭惡收入微薄的佃農身分。雖然依地點而定待遇各有不同，在我所見的範圍內，以低薪僱用並苛待佃農的農場非常多，能不能從這一點來著手解決……？」

眾人的目光集中到發言者身上。很快地，第二個人跨過了略為降低的發言門檻。

「的確，佃農身分低下是自古以來的問題。他們迫於生計不得不勞動，然而實質上和農奴沒兩樣……儘管州法有關於最低工資的規定，但針對貨幣價格變動的規範不夠周全，有很多漏洞可鑽，難以稱得上有充分發揮功能。」

「在夏米優陛下登基之前，農場賄賂監督官吏互相勾結的案例非常多。不過，多虧陛下這兩年實施的嚴厲改革，如今這種貪官汙吏大幅減少了。若想要改善受僱勞工的工作環境，從某方面來說現在不正是良機嗎？」

「這麼一來，就必須同時進行工會的重整。一度嚴加取締這種營私舞弊行為，只要放鬆監視立刻就會再次發生。為了避免這個問題，要更確實地建立當事者之間相互監視的機制——」

以第一個的發言為開端，閣員們接二連三地提出具體方案。夏米優茫然地看著——他們熱烈的展開議論。對於女皇過度的恐懼從文官們臉上淡去，相對的漸漸展現活力。他們心中充滿了能夠盡到身為文官、身為執政者、身為臣子職責的喜悅。

沒錯，他們很高興。想拯救人民——他們很高興聽到女皇發出作為一名君主極為正當的想法。很高興能效忠於這樣的君主，確定了自己依傍的基礎。

會議結束後。在走廊上往下一個工作地點前進的科學家少女背後傳來呼喚。

「……瓦琪耶。」

她回過頭，只見黑髮青年和夏米優並肩而立。瓦琪耶露出爽朗的笑容走了過去。

「嗯，怎麼了？夏米優。有什麼事在會議上忘了說嗎？」

女皇考慮了一會要說什麼，隨即靜靜地開口。

「我想感謝妳……但無法好好地表達，在會議場上，我多半受到了妳的幫助。」

她將複雜的感慨撇在一邊，僅僅表明謝意。聽到這句話，瓦琪耶突兀地改轉話題。

「夏米優，妳聽說過『百名賢者之國』的故事嗎？」

「……？不，沒聽過。」

「那由我來告訴妳——從前從前，有一百名賢者聚集在一起，想創造理想的國家。他們各個學識淵博，都是相比起來毫不遜色的知識分子。聚集那麼多如此聰明人物，肯定能創造出前所未有的最棒國家——賢者們對此深信不疑，投入建國工作。」

瓦琪耶流暢地訴說著，夏米優困惑地傾聽故事，但下一句話大出她意料之外。

「然後，國家不到十年就滅亡了。」

「──啊？」

「因為每次討論問題的時間都拖太長了。大家都對自身的學識深感自豪，堅持己見不肯輕易讓步。要決定他們提出的多種提案哪一種才是最好的難如登天，有時候在討論過程中該問題本身都消失了。比方說在商量要不要派援軍支援鄰國途中，戰爭本身就打完了。」

瓦琪耶聳聳肩。女皇托著下巴，思索一番後回答。

「……挑寓言故事的毛病很不解風情，不過能夠解決這一點的人才是真正的賢者。眾人聚集在一起，必然會發生意見的衝突。若想解決這個問題，只要為這一百人安排發言權的高低順位即可──倒不如說，一般而言國家在滅亡前會自然地採取這種作法吧。否則他們就不是賢者，而是一百名愚人了。」

「嗯，正是如此。一百名賢者的地位始終齊平不符合現實情況。不過，這是寓言故事為求方便的設定，而且是作者早期的創作，別太計較啦──」

少女難為情地搔搔臉頰。夏米優不禁懷疑剛剛的故事是她自己編的，但瓦琪耶沒等她提出來就搶先往下說。

「──總之，這故事想表達的寓意是，有時候比起『決定做什麼』，『下決定』本身更加重要。」

「唔。」

「百名賢者之國的故事是創作，可是過去也有幾個建國方式很接近的國家。成員們環繞在圓桌旁，會談的內容直接反映在政策上的淳樸城邑，也可以稱之為某種原始共和制。但在大多數情況下，當集團的規模變大就會失去那份淳樸，具有強大發言權的權力者取而代之地得勢。妳知道這是為什麼嗎？」

「……這並非單純是對於野心的告誡吧。」

「嗯，野心嘛，在懷抱於心中的階段也只屬於個人罷了。直到獲得許多人的支援，才能形成通往權力的道路。人們為什麼會支持那些有野心的人呢？換個說法，為何他們要把自己擁有的選擇權讓給他人呢？」

聽到她提示的主題，夏米優陷入思考。科學家少女在不久後說出答案。

「有幾個可能的答案，而我認為——人類是害怕做出決斷的生物，但更害怕什麼也決定不了。」

她說出看似二律背反的結論，使得女皇直盯著面前的少女。瓦琪耶張開一隻手，另一隻手的拳頭敲在掌心。

「比如說——我們現在在這裡像上次一樣打了起來。妳可以揮拳、可以踢我，當然也可以搧耳光，或是採取防禦等我露出破綻。在最糟的情況下，投降認輸就不會再被揍了。但是——」

瓦琪耶停下話頭，拳頭倏地貼近女皇胸口。

「——要是什麼都不做，只會單方面的挨打。無法下決定就是這麼一回事，很少有比無作為更差的結果了。也就是說，選擇的好壞還在其次，無論選什麼都好，一定要做出決斷。在個人層級這是理所當然的，但來到集團決策上，不開玩笑的說，什麼也都沒做地發愣到最後的狀況隨處可見。統整多種意見、進行取捨就是如此困難。甚至可以認為，權威和排序這些縱向構造的成因，就是為了解決這個難題。」

聽到一連串的論述，夏米優抱起雙臂沉思。對於她認真思考的態度感到非常順眼，科學家少女繼續道。

「雖然當著本人面前說不太好。對於『何謂皇帝？』這個問題，我們科學家的回答是『下決定的最高機關』。先不提結果如何，皇帝最重要的功能就是『決定那些難以決定的事』。不論是明君也好、暴君也好、昏君也好，唯獨這一點必須牢牢把握住。」

瓦琪耶提出的見解，直刺夏米優內心最深處。夏米優回顧自己直至今日作為君主的表現後，無力地問。

「……妳是說，我沒達到最低條件嗎？」

「不，達到了。我先前也說過吧，小夏米優帥呆了。在被迫做出選擇時始終無作為的愚鈍，和妳完全無緣。」

瓦琪耶乾脆地搖頭否認對方的疑慮——直接切入核心。

「我想要說的是，在看不到正確答案的情況之下，妳不要猶豫，坦率地遵從自己的心情來做決定。」

「——」

「這樣就行了。嗯，若非如此才傷腦筋。因為，以妳的心情為最優先是制度設計上的依據。如果妳抹殺心情，那才叫本末倒置。」

科學家少女神情有些嚴肅的告誡。女皇聽到她的話後愣愣地呆立原地——不久後，深深垂下頭，肩膀顫抖。

「……因為不了解我內心的想法，妳才說得出這種話。」

低沉冰冷的聲音，幾乎自行從少女的口中發出。自身的心情、自身的感情、自身的心——夏米優認定這一切是世上最醜陋的東西。

「遵循心意行事？妳可知道，我——我期望著什麼？才相識不久的妳，怎知道有多汙濁的泥濘在我胸中盤旋！」

「嗯，我不知道。但我也不準備一直沒有認識就是了。」

瓦琪耶直視著對方的眼睛，寸步不讓地回答。面對詞窮的夏米優，她進一步踏入她寬廣的胸襟。

「我答應妳。如果妳真的抱著無可救藥的錯誤願望，到時候制度怎樣都無所謂，我會和伊庫塔哥一起阻止妳。因為，那代表妳的心靈生病了。治癒疾病，是讓妳的心靈變得最坦率的方法。」

瓦琪耶雙手抓住對方肩膀，以有力堅定的嗓音告訴她。

「我是劇藥，夏米優。這個處方伴隨痛楚，有時會讓妳感到喉嚨像火燒一樣——儘管如此，我的確是為了治癒妳的心而來的。」

與那雙黑眸正面對望，夏米優什麼也說不出口。於是她發覺——直到今天為止，這名科學家少女一直在對她表露善意。她發怒的時候，全是針對夏米優自貶的發言。

近距離感受到彼此的存在，兩名少女相對了許久——瓦琪耶面泛紅暈地輕輕抽身退開。

「……哎呀，差不多覺得難為情了，把要講的話講完，剩下的事情扔給伊庫塔哥收拾，我要帥氣地退場啦！啊哈哈～！」

少女彷彿要掩飾什麼似的放聲大笑，轉身在走廊上跑遠了。等她的背影消失在轉角後，夏米優悄然開口。

「……索羅克……」

「……嗯。」

「……我搞不懂了。以後該怎麼對待她才好？」

少女一臉不知所措地呢喃。黑髮青年輕輕摟住她的肩膀。

「保持現在這樣就好。覺得生氣時就反擊，覺得樂意時就陪她聊天。和年齡相仿的人相處，在這方面不必考慮太多。」

伊庫塔望著師妹離去的地方，十分篤定地斷言。

「不過——那傢伙真的很中意妳。唯有這一點絕對沒錯。」

自從當上元帥後，伊庫塔面對的問題多得數不清。但包含選拔他本人的副官在內，大多數都可以歸類到如何處理人事的問題上。既然軍隊是人類的集團，如何安排人才無庸置疑地決定了組織的性質。

「所以說大哥，我們差不多也該和解了。」

「你這混蛋真的有心和解嗎！」

怒吼聲在藍天下迴響。作為掌握人心的一環，伊庫塔今天來到最近的演習地點拜訪正在訓練部隊的薩利哈史拉格・雷米翁少校。此人無疑是帝國軍內最討厭伊庫塔・索羅克的人，不過青年秉持的方針是「從最顯而易見的問題開始解決」。

「大哥，你冷靜點。對方是元帥。在用詞遣字上應該保持最低限度的禮貌。」

「……！你說得是沒錯。」

在弟弟勸誡之下，薩利哈不甘願地收斂一開始的氣勢。這讓伊庫塔也反省了一下。面對此人，他的思維幾乎是反射性地傾向激怒對方。

「不，失禮了，剛才是我不對。我今天不是來吵架的，而是在相隔兩年後登門道謝。」

「……道謝？」

「沒錯。在軍事政變尾聲，你們接受了我方的要求派來了援軍。在當時的情況下，那是相當果敢的艱難判斷……感謝各位！」

伊庫塔深深地低頭致意。雷米翁的長子帶著一臉複雜的表情別開目光。

「……我沒有理由接受你的感謝，我們又沒有趕上。」

「…………」

「話說，發動軍事政變的是我們雷米翁派，如今和達夫瑪州還是敵對的……雅特麗希諾之所以會死，追根究柢來說，你不是應該怨恨我們？」

薩利哈面露苦澀。伊庫塔靜靜地搖頭。

「沒這回事。雷米翁派在那個情勢下有足以起事的理由……如同我重新召集旭日團一樣，我明白那是不得已的決定。」

伊庫塔把拐杖換到左手，空出右手伸向對方。他伸出的手掌，嚇得雷米翁的長子微微後仰。

「所以恩怨就此一筆勾銷吧……一度分裂成三塊的軍隊現在再次合而為一。我們都是帝國軍的同伴，薩利哈史拉格·雷米翁少校。」

伊庫塔直視著對方說道。薩利哈一臉困惑地看看身旁的斯修拉夫，體格健碩的弟弟無言地頷首。在他的支持之下，雷米翁的長子心不甘情不願地和對方握手。

「……好吧，我承認舍弟受到你的照顧。」

「不如說正好相反，我一直很仰賴托爾威。」

伊庫塔微微一笑。薩利哈從鼻孔哼了一聲收回手。

「好了——正事是什麼？元帥閣下。你特別前來這裡，是對訓練方式有什麼意見嗎？」

「既然你發現了，談起來快多了，坦白說，分頭訓練缺乏效率，和我們的部隊會合吧。」

青年從容地宣言，令薩利哈沉下臉色。

「你是叫我和小托爾跟泰德基利奇的小子一起訓練……？」

「我知道你抱著各種牴觸情緒，但對你們部隊來說，這是提升散兵戰術熟練度最快的方法。在我們談話的期間，齊歐卡軍的戰術也在持續不斷地進化與洗練化。如果在練兵方法上還有白費力氣的部分，無法與齊歐卡軍進步的速度相抗衡。」

聽到青年的說服，薩利哈露出明白這論點有道理，但難以輕易同意的神情。不過，斯修拉夫看到之後緩緩開口。

「了解，我們會安排。你和小托爾談過了嗎，元帥閣下？」

「斯修拉夫？」

薩利哈瞪大雙眼轉過身。以身為長兄的忠心大弟聞名的男子，在此刻卻跨越了他的領域繼續道。

「大哥，既然往後要繼續當個軍人，這是遲早無法避免的。我等不得不向在軍事上更先進的小托爾學習，同時不得不以前輩的身分來支持他。既然這個事實顯而易見，拖延不下決定只是浪費時間。」

「……！但、但是……！」

「我學到除了支持之外，也要懂得督促……再停滯不前也無濟於事，大哥，我們一起向前邁進吧。」

伊庫塔瞪大雙眼，看著長年來固定的兄弟關係出現變化徵兆。被逼得走投無路的雷米翁長子，當場蹲下來握緊拳頭。

「……可惡！連你也說這種活像露西卡那老太婆會講的話……！」

薩利哈咒罵。話中出現的恩師之名，令斯修拉夫靜靜地垂下眼眸。

「……大哥，庫爾滋庫老師再也不會斥責我們了。」

這一句話的份量，對於雷米翁兄弟而言同樣地沉重……直到幾分鐘後薩利哈靜靜地鬆開緊握的拳頭為止，伊庫塔都沉默地佇立在兩人身旁。

「——怎麼說，看到他們兩個，讓我深深地感覺到。在我窩在後宮裡的那段日子，發生了各種變化啊！」

伊庫塔和雷米翁兄弟談妥事情返回基地，混進低階軍官的餐廳和蘇雅共進午餐，等他說到一個段落，她也開口。

「這是理所當然的。不管團長你在不在，大家都過著自己的人生。請別自戀地以為整個世界全靠你推動。」

「嗯，妳說得對極了……團長這個稱呼也很棒。每次聽到別人喊『元帥閣下』，我都有一瞬間搞不清楚對方是指誰。」

「旭日團至今都沒有解散吧？那麼團長就是團長。你好像不喜歡別人以階級稱呼你，至少讓我一直這樣叫你吧。」

蘇雅以冷淡的口吻說道，粗魯地咀嚼著撕下的薄餅。她嚥下薄餅，以凌厲的眼神再度瞪著青年。

「對了——聽說你在找副官？」

「嗚咕！」

伊庫塔被打個措手不及，險些被嘴裡的雞肉哽住。注視著他拍拍胸口，去拿飲料的動作，蘇雅以平靜中帶著熱情的聲調繼續道。

「不能任用我嗎？」

黑髮青年喝了一口茶後勉強回應道。

「……若是五年後，不，三年後我就會這麼做。然而，現在的妳實在經驗不足。能力尚未達到校級軍官的水準——」

「我知道。剛才那句話只說說罷了。」

蘇雅以有力的聲調打斷他的話頭。感受到不斷增強的壓力，伊庫塔提心吊膽地等著她下一句話。

「不過，請別忘記。我至今依然自認是你的副官，三年後一定會拿下那個位置。」

蘇雅發出強硬的宣言後站起來，轉身就走。青年也馬上追了上去。

「啊，等一下，蘇雅——？」

他的手正要搭上蘇雅的肩膀，被她在回頭同時使出的掃堂腿絆倒──在倒地前又被她牢牢地攙扶住。

餐廳內一片譁然。在眾目睽睽之下，蘇雅的臉龐就在險些仰身倒地的伊庫塔眼前，將臉龐湊近到嘴唇幾乎相貼的程度，她直視著青年宣言。

「這點程度的突襲我還辦得到──別太小看我了。」

蘇雅直接把伊庫塔抱起來讓他站穩，這次頭也不回地離去。有好半晌，青年愣愣地目送那強而有力的背影遠去。

*

當天下午三點，夏米優造訪宮中眾多庭園裡的其中一處，兩名眼熟的先到訪客正圍坐在桌邊。她猶豫了一下之後，也朝為她準備的空位走去。察覺她的到來，女騎士起身敬禮。

「陛下，恕下官先開動了。」

「……露康緹。妳是從何時起被食物攏絡的？」

看到粘在對方嘴角的點心渣，女皇一開口便語帶嘆息指謫道。沒發覺這個事實的當事人連連搖頭。

「下官只是受邀參加茶會，絕未被食物攏絡！」

「就是說嘛。露露，要不要也嚐嚐這個無花果乾蛋糕？」

「無花果！那是一定要嚐嚐的。」

露康緹一度轉向女皇的注意力，轉眼間被甜點吸引走了。夏米優感到有點頭疼，來到桌邊。

「她看似無憂無慮，實際上她絕對不是一個會隨便親近他人的女孩……妳似乎不在她的警戒對象之內。」

「她是個不可思議的人，用不同於我們的感覺來判斷他人。老實說，我一開始是抱著射將先射馬的念頭接近她……但我大概明白妳為何想把她留在身旁。」

瓦琪耶托著臉頰，很感興趣地望著滿臉幸福地大吃甜點的露康緹，此時忽然回過神，拿起空茶杯。

「抱歉抱歉，一專注於觀察就忘了其他事情。我馬上泡茶。」

「無妨。連這點程度的無禮都要責備妳，那可是會沒完沒了了。」

女皇露出認命的表情說道，接過瓦琪耶遞來的茶。她以茶潤潤唇稍息片刻，目光再次投向科學家少女。

「……那麼，今天打的是什麼名堂？既然刻意舉辦茶會，應該有相應的理由吧？」

「嗯～沒什麼特別的目的。我覺得妳有更多參與日常性閒聊的機會比較好。」

瓦琪耶邊說邊為自己添茶。露康緹聽到之後也暫停把甜點送進嘴裡，開口說道。

「關於這一點，下官也有同感。」

「唔……妳是建議我浪費時間嗎？露康緹。」

「是不是浪費時間，並非區區下官所能判斷的……不過在兄長還在世時，我們兄妹常常聊天也常常吵架。如今回憶起來，那些時光都十分寶貴。」

女騎士懷念地眯起眼睛訴說。想起她已故兄長丁昆・哈爾群斯卡豪爽的言行舉止，夏米優不好隨意插口，閉上嘴巴。

「更重要的是，能夠和陛下正面吵一架的人，在宮中除了索羅克大人就只有瓦琪耶了。看在不聰明的下官眼裡，覺得非常了不起。」

「嗯嗯，露露真有眼光！」

瓦琪耶抱起雙臂一再點頭，視線轉回夏米優身上。

「實際上，無論由任何人來看夏米優都很嚴肅，比磚塊更加硬梆梆。從早到晚一直這麼嚴肅會窒息的。妳沒有什麼消遣用的興趣嗎？還是什麼想做的事、希望別人為妳做的事呢？」

「希望別人為我做的事……」

一聽到這番話，黑髮青年的面容和反覆夢到的夢境記憶閃過夏米優的腦海。她慌忙打住思緒，但科學家少女並未錯過那一絲變化。

「啊，妳剛剛臉紅了一下。什麼什麼？在想色色的事？」

「才、才沒想！別胡說！」

「好了好了，不必隱瞞也沒關係～在我們這種年齡，有些綺念遐想很普通嘛？難得都是女生聚在一起，敞開心房來場真心話大告白吧！」

瓦琪耶就像「這樣反倒正合我意」般宣言。被她猜中想法的女皇，為了掩飾內心的動搖拉高了嗓門。

「話、話雖如此……！妳總是對我問個不停，卻沒談過多少自己的事情！」

「嗯？這意思是說，妳對我感興趣？」

瓦琪耶的雙眼霎時一亮。夏米優大力搖頭。

「不，我是說只逼我一個人吐露並不公平。情報就要用情報來交換，這是做交易的自然道理吧。」

聽到夏米優迫不得已提出的等價交換規則，瓦琪耶意會地頷首。

「嗯，確實沒錯。說什麼好呢？從我的男性經驗開始談行嗎？」

「大白天的，妳想講什麼東西啊……夠了，由我來發問。妳和索羅克當初是怎麼認識的？我聽說過，你們都是科學之徒。」

「啊，這件事嗎。嗯～該怎麼回答才好？他在我鬧得最凶的時期對我多有關照。」

「鬧得很凶？例如什麼樣子？」

夏米優歪歪頭發問，科學家少女乾脆地回答。

「招收小弟，要他們稱我為陛下。」

＊

「午安。工作進展順利嗎？某人的頭號小弟。」

瀰漫著陳舊紙張味道的資料室一角，約爾加．戴姆達利茲正坐在資料室桌子前專心閱讀行政資料，此時伊庫塔以輕鬆的口吻，從他背後開口攀談。約爾加翻頁的手霎時頓住，頹然地垂下腦袋。

「……伊庫塔。唯獨別用那個稱呼叫我，不然我的工作效率會大幅下降。任何人都有不願再被翻出來重提的黑歷史吧？」

「抱歉抱歉，我沒有要刺激你的意思，只是覺得很懷念。當時我連作夢也沒想過，居然會有以這種形式稱呼你們的一天。」

伊庫塔開口道歉，走到他身旁。約爾加再度看起資料，繼續說道。

「我料到你那裡出了不少事。不過，我們這邊狀況也是多得眼花撩亂。誰叫那傢伙真的連一秒鐘也靜不住。」

「這該說果然不出所料，還是她依然是老樣子呢。」

「嗯。博士也流亡到齊歐卡去了，最近這陣子我們是挺傷腦筋的。正如你所知道的，那傢伙的才能很難活用在普通工作上。所以坦白說，我很感謝這次的提拔。不僅暫時不愁三餐，能夠令她不感到無聊的環境也很少見。」

約爾加揉揉因處理文書工作而僵硬的肩膀，忽然想到什麼似的說道。

「不過，我看你才是豁出去了吧。若純粹想找內政方面的支援，應該還有更穩當的人選可挑吧？」

「我目前仍在持續召集人才，姑且不提你，找瓦琪耶過來的主要目的不在這方面。一開始我也當真覺得搞砸了……但現在來看，這個人事任命雖然很夠嗆的，但並非錯誤。」

伊庫塔仔細地回想著，瓦琪耶在會議上拯救了被逼得走投無路的夏米優的那番話。

「在如今的帝國，能夠毫不畏懼地正面和夏米優吵架的同齡人物很罕見。不，搞不好只有那傢伙一個人。」

「肯定沒錯……她果然是個難應付的孩子？」

約爾加連人帶椅子轉過來問道。伊庫塔靜靜地露出微笑。

「她聰慧、勇敢、認真──真的是個可愛的孩子……但是，她本人不認為自己具備任何一點這些美德。她孤身背負起帝國陷入當前困境的責任，總是不斷地責怪自己。」

血脈的詛咒深植在少女心中。這個慘痛的事實，令青年握緊了拳頭。

「我想拯救她。我和我的半身約好了，要拯救她脫離那個地獄……相比之下，帝國的未來云云只是順帶的。」

「呼呼呼……好個可怕的元帥。」

白衣青年發出招牌的陰謀家笑聲，扶了扶單邊眼鏡。

「但既然是這麼回事，那可以期待她的厚顏無恥發揮功用。我也看過幾次她和陛下交談的場面，氣氛相當不錯。那傢伙會向中意的對象一個勁兒地表達善意，對方不是覺得噁心而離開，就是堅持不住選擇來往。幸好陛下似乎屬於後者。」

兩人彼此輕笑，此時伊庫塔的目光忽然放遠。

「有些邂逅會改變往後的生涯……夏米優應當也有資格受到光明照耀。就像我遇見雅特麗一樣。」

只要閉上眼睛，遙遠的旭日團記憶至今依然歷歷在目。青年逐一細細體會地回想著和炎髮少女共度的時光，殷切盼望——她能受到同樣的幸運眷顧。

「因為天上的某個傢伙吝於安排，那便由我來準備。只是這樣而已。」

伊庫塔輕描淡寫地說出膽大包天的台詞，令約爾加面露苦笑——他知道，這名青年和僅止步於許願的謹慎毫無干係可言。

*

在解決掉堆積如山的政務公文後的當夜。夏米優返回禁中，一如往常地迎接比她晚一點從基地歸來的伊庫塔。

「我回來了，夏米優。今天妳也很努力吧。」

「……嗯，歡迎回來，索羅克。」

一走進室內就如此交談，明明已化為日常生活的一個步驟，少女還是無法抑制在那一瞬間感到心跳加速。

她僵住身子看著青年脫下外套掛在衣架上。他直接走向房間內附頂蓬的床鋪，將拐杖擱在身旁坐了下來。

「到這裡來。」

伊庫塔向夏米優伸出空出的雙手，溫柔地呼喚。少女彷彿受到吸引般搖搖晃晃地走過去，被他的雙臂從背後抱個滿懷。

「我不在的期間，發生過什麼不尋常的事嗎？」

伊庫塔以手指輕輕梳著少女的金髮，在她耳畔詢問。肌膚感受到的吐息令夏米優的心跳愈來愈快，但她故作平靜地回答。

「……瓦琪耶約我喝下午茶，還找了露康緹一起。」

「喔～感覺如何？」

「糟糕透頂。她泡的茶手藝很馬虎，跟哈洛有天壤之別。」

少女冷淡地唾棄。這番措詞聽得青年微微一笑。

「和哈洛比泡茶的手藝未免太可憐了。妳們三個聊了些什麼？」

「……談到一點那傢伙和你相遇時的往事。」

啊～伊庫塔點頭露出苦笑。隔著背脊，夏米優感覺到他正在回顧過去的懷念氣息。

「那是我讀高級中學的時候，我剛才正好和約爾加談到過。雖然現在也差不多，當時那傢伙非常誇張，就像一頭獲得智慧利牙的瘋狗。」

瘋狗，夏米優喃喃地複誦一遍。伊庫塔點點頭。

「妳或許很難產生同感，但她打從以前起就痛恨抽象的事物。一言以蔽之，即『無意義的複雜性』，當時她一發現這類東西就會全數破壞。那可真夠驚人的——連剛好人在附近的我都收到阿納萊博士來信，內容是『你師妹又在四處橫衝直撞，告誡她一下』。」

伊庫塔臉上浮現微微抽搐的苦笑如此說道，輕輕嘆了口氣。

「那傢伙之所以變成那樣，當然有相應的理由……唉，我就不多提了。我想她本人遲早會告訴妳。當然，妳也可以不服輸地告訴她妳經歷的各種事情，那傢伙應該會感興趣。」

「……你本來就是為此而找她過來的？讓她擔任我的談話對象……」

「妳說呢？不過這座皇宮略嫌太安靜了，多一個人像傻瓜似的活潑吵嚷也不錯吧。」

伊庫塔含糊地回答，忽然更加緊密地貼上夏米優。

「當然——像這樣和妳共度的時間，一直保持安靜比較好。」

「————！」

少女的雙頰猛然發燙。面對她纖細的頸子，伊庫塔抽抽鼻子。

「……這香水是檀香？雖然香調沉穩好聞，不過照妳的年齡可以選擇更華麗的香水。下次我帶薰衣草香水過來，瓦琪耶一定也會很感興趣。」

索羅克以充滿慈愛的聲調呢喃。他說的每一句話、落在肌膚上的呼吸觸感，時時刻刻都在融化夏米優的理智——過了一會之後，少女啟唇顫抖地呼喚。

「……索羅克……」

「嗯？」

青年沉穩地回應。少女再掙扎了幾分鐘，才說得出下一句話。

「……我可以轉向你嗎……？」

猶豫許久之後，她勉強擠出那個期望。伊庫塔聽到後溫柔地微笑起來。

「妳比較喜歡抱抱？」

他輕輕扶住少女背部，用雙手微微抬起她的身體轉了過來——她濕潤的金眸迎面盯著青年。伊庫塔無言地張開雙臂，露出專為她準備的空間。

「……啊、啊……」

遲疑地停下腳步一瞬後，更加強烈的慾望驅使少女的身體前進……她先是跨坐在青年膝頭坐到床上，抓住對方未表露任何拒絕的機會，直接全身依偎在他身上。

「……啊啊啊啊啊……！」

青年的胸膛與少女的乳房隔著衣服緊貼在一起。環住她背部的雙手，有力地將那纖細的身軀摟過來。與從背後被他擁抱時無法相較的陶醉感湧了上來，夏米優無從忍受地呼喊。

「……！不行！不行，索羅克……！」

瀕臨崩潰的理智發出警告。趁著自己尚未融化在慾望之中不知所以，夏米優拚命地推開青年的胸膛想抽身離開他。

「我變得好奇怪——這樣子，我很快會變得不對勁——！」

「不行。我不會放妳走。」

雖然聽到少女的請求，青年卻違反她的努力加重擁抱的手臂力道。甜美的壓迫感包圍全身，少女的抗拒轉眼間減弱下來。

「被緊緊抱住的感覺很舒服吧。不過，這才只是開頭。」

青年用力擁抱著對方，嘴唇湊到她的額頭如雨點般落下一串密集的吻。宛若電流的狂喜從頭頂直竄到腳尖，夏米優發出近乎哀鳴的嬌喘，渾身不停顫抖。

「說到疼愛妳的方法——如同這般，要我準備一百種都沒問題。」

伊庫塔抱著親愛之情的吻從額頭移動到臉頰。除了嘴唇以外的地方幾乎都受到親吻的侵略，少女甚至連一句有意義的話都說不出來。

「沒什麼好害怕的……這是所有孩童自誕生那瞬間起理所當然應該被賦予的事物。妳現在只是收下遲來的份而已。」

「——嗚、啊——啊——！」

夏米優置身在無邊無際的恍惚感中呻吟。正常的思考早已遠遠拋之腦後——她緊緊瘋狂地思慕著眼前的青年。想忘掉一切沉溺在這份溫柔中。如果能暴露所有令人作嘔的骯髒期盼，讓他擁抱接納那一切該有多好——

「——嗚、啊……」

可是——到了這個地步，少女依舊禁止自己實現那個念頭。和從前一樣，對炎髮少女的罪惡感形成一枚齒輪份量的自制力——驅使她做出行動。為了尋求鋼鐵的觸感和告誡，她的雙手無意識地摸向腰際——

「——？」

然而，她沒有摸到應該別在腰際的軍刀刀柄觸感。軍刀和青年隨身攜帶的短劍並排靠在床邊。少女察覺自己的失態，愕然不已。

「——啊——啊——！」

既然如此，只能靠疼痛來克制慾望。夏米優張大嘴巴，正要往食指指腹咬下——卻有兩根不屬於她的手指，彷彿看穿她的想法般搶先深深地插進她口腔內。

「——嗯嗚？」

「這可不行。要咬就咬這個。哪怕咬斷也無所謂。」

伊庫塔以大膽的作法制止企圖自殘的少女，耐心囑咐。夏米優不可能做出傷害他的舉動，嘴巴被堵住的她，只能束手無策地以泛淚的眼眸一直看著青年。

「……看，妳果然很溫柔。」

「……嗯？……嗯嗯！……嗯——！」

一陣咕啾咕啾聲響起，青年沾著唾液的指尖撫摸少女的舌頭。粘膜被愛撫的刺激感化為甜美的快感令她心蕩神馳，意識立刻變成一片空白。

伊庫塔輕輕地從茫然自失的夏米優口中抽出手指。唾液在少女的嘴唇與兩根手指之間滋地——拉出長長的一條透明細線。

「……哈、啊……啊……」

與面紅耳赤的夏米優鼻尖相觸地近距離互相凝視著，黑髮青年說道。

「首先要向妳道歉……我也是第一次這麼做，老實說還有不知該如何劃分界線之處，疼愛妳的方法或許做得太過火了點。」

「——」

「不過，這是兩人份的關愛。希望妳當成這是她和我，來自雙親給予的關愛……放輕鬆。」

青年再度環抱少女背部，這次她一下子就被他摟進懷裡。伊庫塔憐愛地抱住她無力癱軟的身軀，彷彿要深深銘刻在她心中般湊在耳旁呢喃。

「我好喜歡妳，夏米優……今晚我要用一整夜把這份感情傳達給妳。」

他毫不猶豫地宣言。正如這句台詞，接下來直到黎明為止，少女度過了彷彿浸泡在糖水裡的夜晚。

*

散兵戰術的普及、發展與掌握爆砲的運用。伊庫塔・索羅克率領的帝國軍定下這兩大主軸，匆忙地起跑了。儘管軍方整體對於太過年輕的元帥抱著根深柢固的不滿與不安感，經過軍事政變，年輕世代開始嶄露頭角的情況對青年有利。他們渴求出人頭地的機會，在伊庫塔提出的改革中尋找機會。

「我是奈布夫拉・席普爾少校！前幾天在課堂上有幸聽聞閣下的戰略論，令下官深受感動！若有機會跟在您身邊學習實屬殊榮！」

「啊、嗯，謝謝。那個，呃……」

當青年在這種狀況下宣布他要招募副官的消息，希望爭取到這個職位的軍官們陸續湧向他身邊。由於應徵者天天在辦公室前大排長龍很礙事，看不下去的薩札路夫安排了面試會場——結果，現在他正和伊庫塔並肩一同篩選應徵者。

「剛才那傢伙如何？幹勁十足，資歷也不差。」

「他是充滿熱情，但眼神太炯炯有神了……滿心想拿副官身分當墊腳石的類型，和這次希望找到的人才有些落差。」

「這可真傷腦筋。現在聚集過來的年輕人全都是這一型喔！」

薩札路夫看著履歷表搔搔頭。在兩人交談期間，下一名應徵者走進房間。

「午安！我是正在熱烈求職中的妮雅姆・奈伊中尉～需要夜間的副官嗎？」

「喂～這該從何處開始吐槽才好？」

薩札路夫一臉愕然地起身。在他眼前，妮雅姆泰然自若地坐到給應徵者用的椅子上。

「雖然現在被貶職為中尉沒錯～以前我在上校手下當過副官。如今的元帥閣下好像很年輕，我應該也有點機會才是～？」

「妳沒發瘋吧？米卡加茲爾克的案子還沒經過多久啊！」

「嗯～不好意思，准將。你好像認識她，但我不太清楚狀況──」

「啊……對了，那個案子是在你還在後宮的期間發生的。我簡單的交代一下經過，陸軍上校奈安．米卡加茲爾克率領的兵團固守在要塞都市加爾魯姜發動叛變。結果夏米優陛下親自率兵鎮壓，這女人是當時的敵方副官……」

「啊，原來如此，我大致理解了。記得馬修也跟我提過此事──妮雅姆．奈伊中尉，當上我的副官之後，妳想做什麼？」

「人家什麼都能為您『做』唷。閣下喜歡哪種玩法？」

「啊哈哈！──喂，衛兵，把她扔出去。」

薩札路夫不由分說地擊掌召喚守衛。望著女子被兩名相貌令人生畏的衛兵拖出去，伊庫塔噗哧一聲笑了出來。

「哈哈──很好，這種厚顏無恥的精神很不錯。我絕不會任命妳當副官，不過會考慮給妳一個有趣的職務。總之，辛苦了，奈伊中尉。」

「請盡可能派個輕鬆工作給我～！」

被拖出門外之際，奈伊中尉厚臉皮地表明期望。從她令人尊敬的厚顏無恥程度來看，反倒是在逆境中更能大展身手的人才——伊庫塔心想。現階段她本人還不得而知，這次留下的印象將使得她的未來往艱難的方向邁進。

「嘖，真不像話……喂，下一個應徵者，進來！」

受到薩札路夫催促，一名和方才的妮雅姆形成對比，滿臉心事重重的壯年軍官走了進來。他以無懈可擊的儀態行禮後入坐，報上姓名。

「……我是努達卡．梅格少校。今天……是來請求兩位長官賜予贖罪的機會。」

薩札路夫看到履歷後雙眼圓睜。同樣感到驚訝的伊庫塔靜靜地問。

「你是軍事政變時，和雅特麗一起指揮伊格塞姆搜索隊的軍官吧。」

「是的……儘管在那一戰裡，我沒展現出任何前輩該有的一面。」

少校面露苦澀地低語。伊庫塔認真地望著他的每一個表情變化，直指核心。

「你所說的贖罪是指？」

聽到這個問題，梅格少校陷入沉默良久。接著，他彷彿從腹部深處擠出回答。

「她死了，而我這種人卻恬不知恥地保住了一命……再也沒有什麼理由比此事更令人懊悔終生。」

青年直盯著少校咬牙切齒，放在膝頭的雙拳劇烈顫抖的反應。

「當時——我厭倦了自相殘殺的戰爭，面臨與你們決戰時，把一切全權交給遠比我更優秀的雅特麗希諾中校處置……不過，我絕不該這麼做的。不能依賴她的強大。當時的我等同於放棄思考——直到今日，我仍忍不住這麼認為。」

「…………」

「為什麼，我沒有和她一起竭盡全力思考？如果這麼做，或許就能想出其他方案。選擇另一種作法，她或許就不必死……這兩年來，我滿腦子都想著這些事。思考如何完成我並未盡到的前輩職責、贖罪的方法……」

「……而你的結論，就是擔任我的副官……嗎？」

梅格少校頷首同意青年的詢問。

「據說她最後是為了保護你而喪命的……說來丟臉，當時的我甚至並未充分察覺她心中抱著那份感情。我明白現在再來補救，一切都已經太遲了……可是，縱然如此、縱然如此……！」

男子笨拙地掙扎著，試圖表達無法訴諸言語的心情。伊庫塔溫柔地舉起單手制止他，靜靜地說道。

「你的意思我很清楚了——從明天起請多指教，梅格少校。」

「……咦？」

大感意外的梅格少校不禁愣住，而薩札路夫更加錯愕。但伊庫塔毫不遲疑地起身，向著年邁的校級軍官深深低頭行禮。

「正如你所見，我是後生晚輩。能得到像你一樣經驗豐富的人物輔佐，實在值得慶幸。雖然我會把各方面的麻煩事都丟給你處理，以後要仰仗你了。」

梅格少校僵住不動。他沒料到竟會被立刻錄用，在伊庫塔說明往後如何值勤時也滿臉困惑之色。

不久之後，困惑的他在催促之下離開兩人面前——這次輪到薩札路夫詢問伊庫塔他的本意。

「……真、真的沒關係嗎？」

「這話的意思是？」

「還問我是什麼意思……梅格少校比你年長許多，不用多說也知道，他是伊格塞姆派的老資格軍官。光憑這一點，你不覺得他不適合在當前時勢下擔任伊庫塔．索羅克的副官嗎？」

他按照想法表達符合常識的意見，而黑髮青年乾脆地搖搖頭。

「似乎有很多人誤會了，不過我沒有輕視年邁軍人的意思。至於伊格塞姆派也一樣，凡是可用的人才，我都會一視同仁地大加任用。我也想避免年輕人和老手出現對立局勢，那很可能演變成新的紛爭火種。」

「話是沒錯……不過講得通俗一點，在這個時機任用的副官，是年事頗高的伊格塞姆派軍官一事，對外該如何處理？」

「是我的第一位副官。無論如何，輔佐元帥的人手不能只有一個人，我也會考慮對外的均衡，第二位人選就從雷米翁派的年輕人當中挑選。目前軍方優待年輕人的印象太過強烈，任用梅格少校反倒正適合。」

「嗯……原來如此，還可以用這種觀點看待……」

「唉，不過這並非我提拔那個人的理由。」

呼～伊庫塔靠在椅背上沉沉地吐出一口氣，回想著——她死了，而我卻保住了一命。再也沒有什麼理由比此事更令人懊悔終生——梅格少校說出這番話時的表情。他胸中懷抱導致還有未來的年輕人先行死去的後悔，苦惱了超過兩年之久——最後來到此處尋找贖罪之地，展現了值得尊敬的成年人風範。

「聽到他這麼說——我怎能拒絕。」

伊庫塔一臉認命地呢喃後，立刻恢復平常的態度開朗地說。

「好了，叫下一個人進來吧。」

「咦？還要繼續面試？」

「當然了。剛才也說過我需要數名副官，而且看人也看出一點樂趣了。就藉這個機會挑選一些有趣的人才。還有很多應徵者吧？」

伊庫塔取回薩札路夫手上的成疊文件翻閱瀏覽，咧嘴一笑。

「愈是麻煩的工作，愈應該珍惜在工作中發現的樂趣——好了，下一位請進！後面大排長龍，自我推銷要簡潔扼要！」

在薩札路夫和伊庫塔結伴面試人才的期間，身為副官的梅爾薩中校在她的戰場上展現了全方位的工作實力。

「……這份計畫書不合格。一個月份的物資不足之處太多了。我在出錯和有疑問的地方畫了紅線，做為參考重新修改吧。」

她嚴格地囑咐，退回新人部下撰寫的文件。相對於好歹位居將級高官的薩札路夫，她的工作等同中層管理人員，囊括的業務範圍極其廣泛。

特別是栽培後進，乃當務之急。在經過兩年後的今日，於軍事政變中喪失的人才缺口依然尚未完全補上。

「……克萊沙中尉。你能夠說明此處的數據是怎麼出現嗎？」

「那、那個……」

「辦不到吧，因為你並未仔細考慮現場狀況，從參考文件裡直接照抄了數據。這樣子不到三天之後又會收到補給要求了。其餘部分在這整體上也有不少疏漏，請詳加閱讀情境設定後重寫。」

被指出文件缺失的部下們紛紛沮喪地回到座位上。於是，梅爾薩中校面前只剩下一名沉默寡言的女軍官。中校看著留在手邊的假想計畫，呼喚那個人的名字。

「……蘭茲中尉。」

「…………」

「……中尉？——妳在聽嗎？梅特拉榭．蘭茲中尉！」

中校再次呼喚她的名字，一直低著頭的女軍官赫然回神抬起頭。

「——是、是，什麼事？」

她終於發出的聲音，聽起來也拘謹而缺乏進取心。梅爾薩中校依然板著做為長官的嚴厲神情，舉起右手的計畫書簡短地說。

「滿分。」

「咦？」

「這份計畫書寫得很好。基礎進軍路線的設定與依狀況而異的分歧，為分歧時可能出現的問題安排對策、進軍途中的補給安排——每一點都無懈可擊，足以當作範本。」

梅爾薩中校帶著和訓斥部下時一模一樣的表情說道，令梅特拉榭中尉沒有馬上發覺長官在讚許自己。她在一陣子之後意會過來，這次卻露出膽怯的眼神環顧周遭。

「……謝、謝謝。可是，那個……」

「妳討厭受到讚許而引人注目？」

梅爾薩中校一針見血地指出她的心態，使得梅特拉榭中尉啞口無言。

「站在妳的角度來看，這也無可厚非……不過坦白說，我不喜歡這種態度。目前的帝國軍，應該沒有餘力讓能力和經驗兼具的人吝於發揮全力。」

「……………」

「更有自信地投入工作吧。就算發生過加爾魯姜案，妳也不必感到自卑。關於那個案子，陛下早已赦免了妳，因此我會平等對待妳和其他部下。」

梅爾薩中校斷然宣言——和妮雅姆・奈伊一樣，梅特拉榭・蘭茲也曾是率領要塞都市加爾魯姜叛變的軍人奈安・米卡加茲爾克的副官。在加爾魯姜以「參謀」和「愛妾」身分博得米卡加茲爾克青睞的她們，在昔日的長官身亡之後，同樣受到連降兩級的處分繼續從軍。

「蘭茲中尉，我最希望妳發現的是——妳如今已來到自己的工作成果會得到正當評價的環境裡。」

「……咦？」

聽到出乎意料的台詞，梅特拉榭小心翼翼地抬起頭。梅爾薩中校直視著她流暢地繼續道。

「與一切都隨著米卡加茲爾克一個人的心情好壞浮浮沉沉的時候不同。在此處最看重的是作為軍官的實力，沒有除了實力以外的評判基準。說得直接點，就是無法用討好別人的本事來彌補能力上的不足。」

「…………！」

「正因為如此，這裡是最適合妳的工作環境。年紀輕輕剛升任准將的長官不太可靠，同袍又都缺乏經驗不夠成熟——明白了嗎？這裡需要妳的能力。需要梅特拉榭・蘭茲這名軍人的能力。」

梅爾薩中校率直地拋出讚美，用拳頭輕敲在右手舉起的計畫書。

「寫了如此出色計畫書的人沒得到應有的評價被埋沒，我絕不會認同這種沒有道理的事情。收下讚譽吧，蘭茲中尉。妳的才能值得稱道。」

一句句直率的話語，沁透梅特拉榭乾涸的心房——不久之後，一滴淚珠自她的臉頰滑落。

「……啊……」

為了一個男子全力付出卻沒得到回報，在分別之際還慘遭他最惡劣的背叛，這段過往使她封閉了內心。正因為如此，身為她現任長官的梅爾薩中校能做的，就是時時對她作為軍人的成果給予正當的評價當作回報。

「妳不必再哭泣了……長久以來，妳都很難受吧。」

任由長官溫柔地摟住肩膀，梅特拉榭無聲地流淚良久良久。

*

「……嗯～……」

在毒辣的陽光照射下，平坦地形向東南西北四方延伸的廣闊演習場地中央。馬修望著因為接連操練不熟悉的機動行動而精疲力竭的部下們，面有難色地抱起雙臂。

「和砲兵聯手合作，實際做起來意外地困難啊……由於風臼砲在平地的野戰中派不上用場，以前反倒都是認了拚到底……」

「如此強大的火力，沒有不加以活用的道理。大砲在操作和移動速度上有其極限，所以必須由我們配合砲兵行動。不過，這很難做到……」

站在他身旁的托爾威，也同樣望著自己疲憊的部下們如此回應。馬修思考了一會，說出他的分析。

「原因可能出在我們並未估計好要在什麼狀況下運用……伊庫塔很久以前在授課時提過，爆砲的火力能夠對騎兵的衝鋒做出強烈的反擊，對於戰列步兵大概也一樣。可是面對行動力靈活的散兵就很脆弱。我們應該將補強這項弱點視為首要考量。」

「這麼一來，就得趁早考慮和騎兵展開聯合訓練。不同於步兵和騎兵，砲兵是單獨列出並不成立的兵種。首先分析依狀況而定的搭配的有效性……」

「喂，等一下，小托爾。」

一個粗魯的聲音插入他們的談話中。翠眸青年嚇了一跳轉過身，看見和他同樣繼承雷米翁血統的兩名兄長。

「大哥、二哥……？」

「在開頭想得太複雜了吧。你可能是奔馳在戰場的最尖端，但帝國軍的編制有一大半都還是戰列步兵喔，在轉換成以散兵為中心的形式之前還需要不少時間。你只顧著關注著未來，忘了這個事實吧。」

薩利哈斯拉格無視於么弟的困惑往下說。二哥斯修拉夫補充道。

「正如大哥所言，應該先從最簡單的運用開始嘗試。由於有效射程大幅延伸，準備砲擊的間隔可以拉遠。應該推定這一點能夠直接運用在野戰戰術上。這說不定是對付敵軍堅固方陣的唯一方法。」

不只托爾威，他們三兄弟都對爆砲這種新兵器的重要性有所認識。不過，兩名兄長從和么弟不同的觀點陳述自己的見解。

「總之，先在遠距離外以仰角開火，等敵軍接近就改用直接砲擊迎戰，充分消耗敵軍戰力之後，派出在後方待命的步兵衝鋒。事先將爆砲擺成扇形或菱形陣型，以因應從側面繞過來的敵兵……當前的基本戰術大概是這樣吧。」

「大哥……可是……」

「我也了解你想做什麼。你想說受過高度訓練的散兵，應該可以在砲擊支援下同時衝鋒對吧？我並不否定這個看法，嘗試這種戰術也沒問題……但在拔腿衝刺之前，別忘了先把腳下的土地踏結實。不管往前方跑得多遠，其他人追不上你的背影也沒有意義可言吧？」

托爾威瞠目結舌。他不記得有多少年沒見過給予他忠告，而非先破口大罵的大哥了。目睹相處氣氛和先前明顯不同的三兄弟，一旁的馬修也猶豫著該不該插嘴呆立不動——此時，突然有人從背後搭住他的肩膀。

「……你們好像在談什麼很難理解的事情。」

「嗚哇……？……咦？波、波爾蜜？」

馬修嚇得驚跳起來，回過頭發現對方的身分後眼睛瞪得更大了。身為傳奇船長．喀爾謝夫後裔的女海盜咧嘴露出大膽無畏的笑容，為了與微胖青年的重逢感到欣喜。

「好久不見，馬修。叔叔又受到陛下召喚，我也隨行跟來了。這次大概是要討論引進那種叫爆砲的武器吧。」

「尤爾古斯上將也來了……？說得也對，爆砲很適合安裝在船隻上。在先前的戰爭中，敵方的爆砲艦也害得我軍陷入苦戰，討論引進也是理所當然的。」

馬修依序思考，總算理解狀況。此時，波爾蜜依偎著他的肩膀熱情地呢喃。

「就是這麼回事……那，你今晚有空嗎？」

「……？等、等一下！私事等到之後再說——！」

馬修面紅耳赤地抽身退開。與正和兄長們困惑地展開交流的托爾威並肩而立，他的心境同樣平靜不下來。

當波爾蜜紐耶·尤爾古斯前往演習場地拜訪馬修之際，身為海盜軍首領的鬼傑耶里涅芬·尤爾古斯攻向帝都皇宮。

「——也就是說，要追溯起來，扣押齊歐卡海軍爆砲的可是我們這些海軍！」

「…………」

「所以，為了今後鞏固海路防衛，想請陛下更大手筆地調撥裝備給我們呢。」

「…………」

「……哈囉～？陛下？您在聽人家說話嗎？」

對方的缺乏反應令尤爾古斯上將皺起眉頭。在深綠堂內拜見女皇的他，這一天依然徹底地發揮了無賴的本性，態度表面上恭謹實則極為倨傲，然而今天得到的回應不怎麼好。

理由一目了然——與他交談的女皇心不在焉。

「……啊？抱、抱歉，耶里涅芬．尤爾古斯海軍上將。那個，關於引進爆砲的要求是嗎？」

夏米優終於回神。尤爾古斯上將聳聳肩繼續道。

「嗯，是的。無論要探索運用之道或謀求因應對策，我們手裡有沒有實物可是大不相同。儘管人家知道產量供不應求，不過只分配十門爆砲給海軍也太少了不是嗎？」

海盜軍首領在關鍵場面強行要求。女皇甩甩頭拋開雜念，試圖把注意力集中到面前的對手身上。

「我明白這個要求，也檢討過可行性，但要大幅提升供給數字很困難。這並非偏袒陸軍，而是當前爆砲的絕對數量不足。要將稀少的現有爆砲優先分配到哪個部隊配備，是由索羅克……元帥來作判斷。」

「人家這一趟就是打算和他本人直接談判，但他不過來嗎？本來很期待目睹史上最年少的帝國軍元帥的說。」

尤爾古斯上將環顧四周，不滿地噘嘴。此時，先前一直在旁邊關注情況發展的雷米翁上將插話。

「尤爾古斯上將，元帥閣下要我帶話給你。我直接照說了——『近期沒有發動大規模海戰的計畫，而齊歐卡發起海戰的可能性也不高。一年後我會分批調撥爆砲給你們，現在先忍一忍』。」

「這算什麼，太敷衍了！既然他本人不到場，至少傳話也該有點幹勁吧！」

「等一下，還有補充。閣下表示：『我知道這麼說你也無意空手而回，就送上一份伴手禮作為代替品吧。今後我也繼續默許海軍保有屬於長年傳統的「未向帝國報告的特有財源」如何？』……」

一聽到這句話，本來打算繼續表達不滿的尤爾古斯上將動作忽然頓住。緊接著，他堪稱藝術性地見風轉舵，臉上浮現充滿寬容和友愛的笑容。

「——討厭啦，雷米翁上將。你以為人家有那麼不懂事理嗎？等一年就行了嗎？好極了。我們樂意等候。」

「……那就太好了。不過先不提此事，我想請你針對所謂『特有財源』作說明……」

「完全聽不懂你在說什麼耶——陛下，能夠拜見尊容實在光榮，那人家告辭囉！」

眼見形勢不利，海盜軍頭目隨口應付翠眸將領的追問後離去。另一方面，本來應該責怪其無禮的夏米優回想起昨夜的事情，再度愣愣地注視著半空。見狀，雷米翁上將重重的嘆氣聲在大寺院內迴盪。

第三章

Alderamin on the Sky

心之形

拉近與觀察對象之間的距離，在進行其生態分析上具有重大意義。愈接近看得愈清楚——當然，這是許多事物共通的原則。

「……慢慢地靠近……」

所以，科學家一有機會就會接近觀察對象。哪怕對方是長著尖牙利爪的猛獸、火山口積滿即將噴發岩漿的火山，當理性的好奇心超越恐懼的瞬間到來，就決定了他們的行動。這名少女也不例外——然而……

「——妳有什麼事？夏特維艾塔尼耶爾希斯卡茲三等文官。」

「嗚喔，一下就發現了！」

當她距離目標房間門口還差三步時，這次依然是觀察對象搶占先機。瓦琪耶三等文官緩緩地從辦公室敞開的房門探出頭，若無其事地開口。

「午安，宰相。看來你好像很忙，不過可以和我聊聊嗎？」

「若是商討政務議題就可以，除此之外的事情就離開吧。」

帝國宰相托里斯奈·伊桑馬坐在辦公桌前不停動筆書寫，淡淡地回應。那個答覆令科學家少女噘起嘴，毫不猶豫地走進室內。

「不必那麼冷漠吧。在這座皇宮裡，在感情上不討厭你的人頂多只有我而已。」

她邊說邊走向位於房間內部的辦公桌。托里斯奈連看也不看她一眼地持續工作，不過少女毫不在乎他的漠視態度。

「夏米優不用多說，伊庫塔哥也已經很難冷靜地面對你了。這應該是他找我和約約過來的理由之一。為了阻止你，需要有局外人以客觀的觀點看待你。」

宰相的沉默毫無鬆動跡象。瓦琪耶的黑眸凝視著他的側臉。

「你不怕遭到他人忌諱厭惡，反倒有自覺地在利用這個處境。老實說，我對你還滿有親切感的。因為比起夏米優，我本身本來就更接近於你。」

「——接近於我？」

聽到最後一句話，托里斯奈不禁反問。少女點點頭回答。

「缺乏和他人的共鳴，擁有呈反比的強烈自我。有人曾說我不是人。」

瓦琪耶以指尖捲著捲髮髮梢，繼續往下說。

「舉例來說——當眼前有一名傷患，大多數人似乎會產生『看起來好痛』的感受。但我們只會認為『他受傷了』。差異就是這麼回事。」

「…………」

「由於訓練和適應都可以抑制共鳴感，兩種人的界線意外地模糊。不過，我們是自然而然地薄情。先不提這從何時開始變成這樣，我認為在這一點上可以畫出一道分界線。」

少女斷定地敘述。原本如同戴著面具般文風不動的宰相微微眯起眼睛。

「至於我——根據我的分析，若非與生俱來，就是在心情被忽視是理所當然的環境中成長造成的。也就是適應成長環境來發育。所以，在身邊願意體諒我的人增加之後，反應就軟化許多。雖然發現彼此為對方著想的關係更舒適朝這個方向改變，是很尋常的改過自新理由。」

她嘴角微微浮現的苦笑，在下一瞬間消失無蹤。

「話題轉到你身上——在這座皇宮裡，不，在這個世界上的某個地方，有願意為你著想的人嗎？」

對方沒有回答。將沉默視為回答，瓦琪耶毫無顧忌地說道。

「沒有對吧。宮中的人都叫你狐狸或奸臣，這兩個稱呼的共通點是不承認你的人性。你本身也順勢來表現言行舉止，進一步加深那種稀奇古怪的印象。」

宰相的筆突然停頓。少女占據宰相身側，一隻手重重地放在桌上。

「這是人們製造出怪物的典型結構。所有相關人士都不自覺地陷入負面循環。置之不理對任何人都沒好處。」

說完這句話的下一瞬間，瓦琪耶放鬆緊繃的神情咧嘴一笑，向對方伸出右手。

「所以呢，從交朋友做起吧～我姑且先叫你托托——」

這句話沒機會說完。因為托里斯奈的右手放下筆倏地抓住少女的臉頰。

「這隻猴子比預料中更煩人吶——在這裡除掉好了？」

他骨碌碌地轉動眼珠，用宛如爬蟲類的目光瞪著手中的人。沒有抑揚頓挫的聲調欠缺了所有的人性。

「等等！」

就在那一瞬間，一名瘦削的青年衝進室內。和瓦琪耶一起前來皇宮任職的約爾加三等文官緊張得額頭冒汗，開口說道。

「放開那傢伙……不，請您放手，宰相閣下。我代替同事為她的失禮致歉，但瓦琪耶如今是夏米優陛下的臣子。您應該沒有權限因態度失儀治她死罪。」

青年以顫抖的嘴唇說理。對方不帶溫度的視線貫穿了他。

「事後再安排處理的方法多得很——如果我這麼說呢？」

彷彿心臟被人狠狠抓住的感覺侵襲著約爾加。青年咬緊牙關忍受著那股恐懼與不快，瞪了回去。

「……就算得當場殺掉你，我也會把她搶回來，不考慮任何下場。」

約爾加將手伸進白衣袖子裡斷然回答。一聽到這句話，貼身精靈無機質的聲音自宰相的腰包裡響起。

「——感應到殺意的表露。警告侵害者。權限者的死亡在施加於該ＡＥ系列的人類援助規定內——」

「後面的話不必說了。」

托里斯奈打斷貼身精靈的警告。輕輕按住精靈的頭再度開口。

「當我認真決定除掉某個人時，不會出言威脅——你明白我的意思嗎？」

「…………」

「能夠理解就好——沒管教好的猴子可不能放養。」

留下最後的告誡，狐狸放開抓住少女臉龐的手離開辦公室。望著那悠然走遠的背影，科學家少女搔搔頭。

「……哎呀呀，走掉了。果然很難搞——」

她喃喃地說。下一瞬間，約爾加奔了過來，雙膝落地緊緊擁抱住她。

「……別亂來，笨蛋……！」

殘存的恐懼與脫險後的安心感，使得青年的身軀微微顫抖。透過肌膚感受到他的顫抖，少女首度難為情地垂下眼眸。

「啊～……剛剛的舉動的確有點輕率。」

「什麼叫只有一點！整座皇宮裡最危險的對手就是托里斯奈．伊桑馬！就憑剛才的舉動，妳被他宰了也不足為奇！」

約爾加幾乎是吶喊的說著，加重手臂擁抱她的力道。嗯～瓦琪耶沉吟一聲閉上雙眼。

「基本上我考慮過不會出那種事，才跑來找他搭訕——不過，你說的對。這並非毫無風險。對不起，約爾加。害你那麼擔心。」

少女承認過失開口道歉，摸摸青年的頭安慰他。她一邊這樣做，視線一邊不經意地望向宰相離去的走廊。

「可是——宰相也沒有會像這樣替他擔心的對象啊……」

「……索羅克。這是……？」

同一時間。夏米優在禁中的起居室內盯著桌上陌生的東西猛瞧。伊庫塔佇立於她所坐的藤椅旁，補上說明。

「亞波尼克有一種傳統文化叫盆景，是在盆子裡擺放泥土、沙子、石頭與苔蘚等物享受設計樂趣的活動，這個是以盆景為基礎改編成的遊戲。」

伊庫塔邊說邊伸手去拿桌上的東西。在他們眼前的是一個底面邊長約四十公分、高度約十公分，沒有箱蓋的箱子。

「箱子裡鋪了白沙，四周擺著人偶和家具的迷你模型等各種小零件。可以自由地享受設計的樂趣，也就是沙盤遊戲。希望妳也一定要試試看。」

「嗯……沒有規則嗎？完成品的評價重點是什麼？」

「沒什麼特別的規範。因為這遊戲的目的不在於此。」

「唔……這樣的話，從何處開始著手才好……」

「哎，總之妳先摸摸看。這個遊戲不需要任何預習，全都隨心所欲決定就行了。」

伊庫塔以輕鬆的口氣催促後，就面帶微笑地在一旁關注。面對嶄新的沙盤，金髮少女向他投以略帶不安的目光。

「……能不能給一點建議？」

「如果我說『這樣做比較好』，妳就會按照那個方向設計吧？這是不行的。重點在於別為了別人而做，遵循心意建造出屬於妳自己的沙盤。」

受到這番話鼓勵，夏米優的手伸向放在箱邊的各種小零件。她看到什麼就一一拿到手邊，不久後撿起其中一個零件。

「……這是貝殼嗎？還有藍色的沙。那我來打造一片海邊風景吧。自從走海路前往希歐雷德礦山以來，很久沒看過海了……」

一旦決定方針，少女的手頓時變了個樣流暢地動起來。她根據腦海中的設計圖將沙子聚攏，安排並調整零件的位置以接近腦海中的印象。在伊庫塔的關注之下，原本單調的沙盤轉眼間變得越發耀眼。

「……這樣子如何？」

對成品感到滿意後，夏米優詢問。伊庫塔朝桌面探出身子，探頭注視沙盤。

「我瞧瞧——喔，好厲害！做得好精細。可以介紹一番嗎？」

伊庫塔並未摻雜解釋，先讚美沙盤的完工成果，接著請製作者夏米優自己介紹這片景色。少女點點頭，開始說明。

「……我製作的意象是一個漁業發達的港都。漁夫們乘船出海拖網捕魚，沙灘上則有孩子們拾潮。」

「嗚嗯，那這條魚呢？」

「那是當天最大的漁獲。大部分魚肉都切下來分好後拿到市場販售，剩下的骨邊肉則由漁夫和他的家人帶回去。用湯匙刮下殘餘的魚肉和著麵粉做成丸子後，用火烤或是烹煮……」

「也就是海鮮丸嗎？那應該是沿海地區的地方料理，真虧妳知道。」

「我只是在資料上看過。我聽聞過卻不知其味的食物多得很，登基為帝之後，數量反倒愈來愈多了。」

夏米優語帶自嘲地呢喃。手搭在她的肩膀上，伊庫塔溫柔地補充道。

「往後妳有很多機會去品嚐。在吃到之前，儘管發揮想像力吧。對於未知的事物，要連想像的時間都包含在內一起享受。」

「……唔。這樣嗎，如果只是想像的話……」

連我也有資格想想吧——伊庫塔彷彿清楚聽見了她沒說出口的下半句話。夏米優並未發覺青年的想法，以雙手撿起留在手邊的小零件。

「……嘗試過後，我發現這個遊戲意外地有趣。索羅克，我可以再擺出別種景觀嗎？」

「當然可以。我現在就很期待下一次妳會做出什麼樣的沙盤了。」

青年面露微笑地催促她繼續製作。少女輕輕頷首，再次動起雙手。

「那麼，這次來試著做個山村。在我所知的範圍內，在這種地形當中據稱最美麗的地方是——」

當兩人共度的寧靜時光來到尾聲，接下來他們必須以皇帝和元帥身分面對各自的職責。這一天，首先傳來的是關於壞消息的報告。

「——狀況正在惡化？」

在會議上收到稟奏的女皇神情嚴肅地反問。文官緊張地往下說。

「是，實在遺憾……在邊境過著自給自足生活的集團人數日漸增加，在上次觀測時已達到一萬人。結果不出所料，人數看來超出自給自足的極限，出現因食物配給不足而挨餓的飢民。」

未能防止預料到的狀況發生，令夏米優焦急地撇撇嘴角。

「……這代表為了避免此事發生而實施的對策並未生效嗎……」

「……臣等無能……我們準備了新的耕地試圖引導流民過去，但同意者數量極少。雖然花時間試圖說服他們，但流民對政府的不信任感根深柢固……」

文官遲疑著沒再往下說。對行政的不信任，等同於對女皇的不信任。她本人比任何人都更加深切地體悟到這一點——正因為如此，她接著說出的話語實屬必然。

「……我親自過去。」

「夏米優！」

坐在她身旁的伊庫塔嚴厲地看著她。面對他的目光，女皇靜靜地搖頭。

「別擔心，索羅克，我並非要御駕親征。而是到現場直接激勵他們。無論不信任感多麼根深柢固，當皇帝親自駕臨，應該會有人看得出帝國政府是認真的。

不過，施加過度的壓力可能造成反效果。我會率領少量部隊，以視察名義前往當地。雖然得有一陣子不在宮中……」

「當然，我也會同行——」

「請、請等一下，元帥閣下！」

青年毫不遲疑地表明要伴駕隨女皇出行。聽到這句話，一名軍方派來與會的校級女軍官連忙起身。

「陛下前往當地已是無可奈何，但身為元帥者如此輕易地離開基地太令人為難了！目前帝國軍正依據您的指導重新編制，一旦您本人不在，許多工程都將中斷！姑且不提體制穩固後的情況，現在可是新制度尚未上軌道的時期啊！」

面對從她的角度來看極其正當合理的抗議，伊庫塔一時之間無話可說。半晌之後，他還是擠出聲音反駁。

「……我知道我現在不鎮守基地將造成巨大的損失。縱然如此……」

「——索羅克。」

就算無視道理，他也不願讓少女獨往。他的關懷讓她感到胸口彷彿被抽緊，女皇努力地以堅強的口氣告訴他。

「……別擔心。我——我一個人去也不要緊。你應該也知道，這可不是第一次。先前我曾多次同樣地前往各地鎮壓叛亂。再加上這次是去說服國民，而非與叛亂者交戰。沒有必要憂慮。」

「在我悠哉地呼呼大睡期間，迫使妳面對嚴酷的際遇……就算這個事實，是最叫我後悔的事情也一樣嗎？」

伊庫塔面露苦澀地說出口。儘管他們之間的氣氛令她猶豫著該不該插口，那名校級女軍官還是下定決心提出意見。

「……恕下官僭越。即使元帥閣下本人無法離開首都，也可以派遣信賴的部下伴駕隨行。能否請您考量情勢，這次就接受這個妥協方案……？」

她考慮到當事者們的立場，提出在任何人眼中都算適當的妥協點。就連伊庫塔也難以繼續搖頭拒絕這個建議——於是他決定，至少要為少女做到最大限度的安全防護措施。

一決定要親自前往之後，夏米優接下來的行動十分迅速。她安排好行程和計畫，決定要率領哪些軍官和部隊前去，在今天迎來出發日。

「……陛下，騎那麼高大的馬不要緊嗎？」

已經上馬的哈洛關心地詢問。夏米優騎在一匹特別氣派的駿馬上，穩穩地握著韁繩回答。

「別擔心，哈洛。雖然和雅特麗無法相提並論，我並非不擅騎術。」

少女如此說道，這兩年以來，她持續接受相應的訓練。她不願因為自身無法騎馬而拖累行軍速度，在她登基後立刻學習騎術。她生性認真、記憶力又強，如今騎術早已達到必要的水準。

「預計這次在目的地不會發生戰鬥，部隊全由輕騎兵組成也沒問題。露康緹一如往常地擔任貼身護衛，妳也隨行跟來了。最重要的是——」

女皇說到此處停頓一下，目光轉向背後。

「——哪怕找遍帝國全土，也沒有比你更優秀的守護者。索爾維納雷斯．伊格塞姆榮譽元帥。」

被點到名的炎髮壯年男子——昔日擔任帝國軍領袖的軍人，在馬背上靜靜行禮。

「承蒙讚譽，不勝惶恐……臣必全力相護陛下。」

「對啊對啊！還有我也來了喔！」

一個無憂無慮的聲音不懂得察言觀色地插了進來。夏米優望向舉起一隻手走近的發言之人，露骨地發出嘆息。

「……瓦琪耶。妳的存在導致需要護衛的對象增加，反倒是種麻煩吧。」

「沒這回事！瞧，我連騎馬技巧也比夏米優妳更好吧？」

瓦琪耶說著一收韁繩，身下馬匹噠噠地跑出Z字形接近女皇。夏米優皺起眉頭。

「……比我更好？……等等，妳是基於什麼依據如此判斷？」

「因為我從很久以前就在騎馬啦，經驗和好像最近才開始騎馬的夏米優可不一樣～」

對方聳聳肩挑釁地宣言，氣得金髮少女回嘴。

「……這次行軍速度很快。要是妳落後掉隊就把妳留在那裡，這樣無妨吧？」

「哼哼～？那也是可以，不過乾脆來賽跑到第一個補給站吧。輸的人要接受處罰遊戲。」

「賽跑？別開玩笑了，在進軍途中這般胡鬧……」

「咦～？妳果然沒自信？」

科學家少女歪歪腦袋，臉上揚起淺笑。即使知道那是幼稚的煽動，夏米優無法壓抑內心萌生的反彈。這一回她接受了挑釁。

「……當我的身影消失在地平線上，妳還講得出同樣的台詞嗎？」

「或許說不出來～背後的地平線又看不清楚。」

兩名少女之間火花四射。在擔心地關注情況發展的哈洛面前，夏米優向周遭的士兵們拉高嗓門宣布。

「——開拔！以最短天數抵達目的地！大家可別落後了！」

「咦？請、請等一下，陛下～！」

哈洛也立刻率領部隊策馬奔馳。在她前方並駕齊驅的夏米優和瓦琪耶，眼中除了對方的身影已經什麼也看不見了。

兩人以毫釐之差一再交互領先，這場對決結果花了四天的行程以平手收場。白熱化的最後決戰過去了，兩名少女在目的地下了馬，並排躺在草原上大口喘氣。

「……呼～！呼～！……妳、妳還真是賭氣狂飆啊，夏米優……」

「……哈～！哈～！……那、那句話是我要說的才對。妳一次又一次超過我……」

她們到了這個節骨眼還在不停鬥嘴。哈洛苦笑著眺望兩人的互動，將拜託水精靈搭檔米爾製造的冰水倒進兩個杯子裡。

「來──請用冷水。今天太陽很大，無論是陛下或瓦琪耶小姐都別太逞強喔？」

「……唔。抱歉，哈洛。」

「噗哈～我復活了～」

兩位少女像比賽般爭相灌水潤喉。緩過氣來以後，科學家少女的視線望向正面。

「──那邊可以望見的村落，就是傳聞中那群人嗎？」

坐在她身旁的夏米優也望見同樣的景物。從她們所在的小山丘，能夠一眼望盡一條從東北流向西南的河流，以及許多密密麻麻擠滿河邊一帶的簡陋小屋。農田在小屋周邊展開，零星可見放牧的家畜。

「……和報告內容相符啊。流民們占據了在肅清腐敗貴族之際連帶被放棄的耕地，在耕地周遭建立村落。由於位於河岸，在水源方面也是個好地點。這裡是適合自給自足的環境吧。」

「嗯。但前提是住民人數沒有驟然增長。如果來者不拒地接納新人加入，極限很快就會到來。這裡早就超出容納極限了。我不認為那片農田能維持到第一次收成。他們至今只是靠著被肅清的地主留下的儲糧勉強餬口。這兒的自給自足打從一開始就沒成立過。」

瓦琪耶清楚地斷言從眼前景象看出的事實。夏米優一手端著空杯子站起身。

「斥候很快會回來。不能一直這樣下去……嗎？」

即使扣掉和瓦琪耶的賽跑，行軍四天也不輕鬆，但夏米優不會把途中的疲憊帶到工作現場。從她的側臉感覺到可靠的氣質，科學家少女問道。

「妳打算怎麼做？」

「召來流民的代表，堅韌地展開談判。既然對方物質不足，應該很有做交易的空間。」

女皇強而有力地斷定。瓦琪耶從鼻子裡哼了一聲。

「我不反對這個方針——但談判時要強硬一點，始終秉持『給我解散吧』，而非『請各位解散』的態度。展現惻隱之心是好事，不過萬一被看扁，談判會拖很久。」

「這是在操多餘的心。我說過吧？我是天生的暴君。」

「嗯～這個忘掉也沒關係啦。」

瓦琪耶抱起雙臂歪歪頭。夏米優遠遠注視著沒有未來可言的村落，層層思考說服他們所需的步驟。

經過準備後展開的談判，從第一招開始就出乎女皇意料。

「——你說他們全都是代表？」

少女摻雜驚訝和疑惑的嗓音傳遍大帳篷內。也難怪她會出現這種反應。目前有超過十名男女，以「村落代表」的身分聚集在她面前。

「再怎麼說也太多了吧。若是三、四人——不，五、六人我還能理解。但多達十七人是怎麼回事？我的命令應該是傳喚村落全體的代表。看來對方並未理解遴選代表的基準？」

夏米優說出理所當然的疑問。領著「代表們」進來的軍官答覆道。

「不……是這些人沒錯。他們原是自然產生的共同體，不像我等具有統一的組織。據說率領愈多民眾加入者發言權愈大，然而棘手的是，從一開始就有數名率領同等規模集團的領袖存在。後來又一再出現內部紛爭而分裂，結果導致這種狀況發生。」

女皇撇撇嘴。雖然她已預料到集團會分裂，分裂得如此嚴重卻出乎意料。

「即使是人數相對較少的集團，也有拒絕被大集團吸收保持獨立的例子。我們姑且省略了一些太小的集團，還是不得不個別應對十七個團體。」

軍官說明完畢後滿懷歉意地低下頭。夏米優抱起雙臂。

「……看來之前估計得太樂觀了點。既然聚集了那麼多人，我本來推測應該有頗具領袖魅力的領導者在。」

「對呀。太平宗初期好像也有這種人物，但聽說隨著食物不再足以供應給全體群眾而失去發言權。眼前這些人，說不定已進入那個階段——集團的末期狀態。」

在同意瓦琪耶的推測之餘，夏米優毅然地走上前。

「若是這樣，反倒該慶幸能在他們完全瓦解前趕來了。」

少女半是鼓舞自己地表示，著手處理眼前的工作。

「人數說是很多，也才不過區區十七人，並未多到無法在這裡談妥條件——第一個代表，上前一步。」

「……喂，來了！女皇真的來了！」

夏米優到來的消息，在村落方面也掀起一陣漣漪。有些人眼中暗藏著危險的光芒，混在深感不安的慌亂民眾之間低聲交談。

「從帶來的兵力來看，似乎不是要……像加爾魯姜那次一樣無情地驅散咱們。」

「女皇好像召集了代表正在接見。合理來推斷，目的是解散這個集團吧。」

「按照這裡的民眾連組織形式都不成形的現狀來看，事情不是說動一名首領就能結束的。說服會需要不少時間。對手是非武裝的流民，她想必疏於防備……這是難得的良機。」

「沒錯。距離那一次所受的屈辱已過了幾個月——咱們喬裝成流民，默默忍耐到今天總算得到回報。」

同伴握緊雙拳肩膀顫抖，男子安慰地拍拍他的背，開口問道。

「不過，該怎麼布置？女皇身邊戒備森嚴，畢竟還有『炎髮的伊格塞姆』擋在前頭。」

「確實如此，如果貿然攻擊，咱們所有人都得人頭落地——不過趁著他們還沒察覺我方的存在，總是有辦法的。」

他們彼此點點頭，分頭向村落內奔去。

「——因此，我們會準備足以讓你們所有人都能餬口度日的環境。」

展開說服三天後的上午。女皇在帳篷中迴響的說話聲摻雜著幾分焦躁。

「在你們生活上軌道之前，也會提供支援。留在這個自給自足機制已然失效的地方，只是自取滅亡。」

夏米優的意志未曾減弱絲毫，但無法否認，重複說出數十次相同的內容令她有些不耐煩。「是……」對女皇的心境一無所知，接受說服的對象露出一頭霧水的表情含糊地應聲。

「……那、那麼，我去找其他人再商量商量……」

沒給予任何明確的答覆，代表返回村落「找同伴討論」。面對多次反覆出現的場面，夏米優在對方離開眼前的瞬間忍不下去地開口。

「……急死人了！為何都講不通！」

女皇暴躁地在寶座上坐下來。不過這也難怪。直到今天為止，在組成集團的十七個團體僅僅只有兩個團體表態接受，其他人甚至連行動的跡象都沒有。

原先在一旁關注談判狀況的瓦琪耶此時走過來插話。

「嗯。陛下，那是因為他們本來便不習慣『自行商量決定將來』這種行為，就和剛學走路搖搖晃晃的嬰兒一樣。」

被這麼一說，夏米優愁眉苦臉地面向她，科學家少女又繼續往下說。

「之前我講過百名賢者之國的故事吧。他們不是賢者，現狀比起寓言故事更加糟糕。因為害怕犯錯無法下決斷，出於依賴心態選擇安逸地維持現狀。領導者失去發言力的集團，大都是這種狀態。」

「…………」

「如果想迅速解決問題，暗示動用武力的可能性恐嚇他們比較快。因為老實服從統治者的命令──是他們很熟悉的脈絡。從現在開始也不遲，要轉換方針試試看嗎？」

瓦琪耶不帶諷刺意圖地提議。女皇也苦澀地撇撇嘴角回答。

「……我不會說現在就改用武力威嚇，但也做了這方面的安排。由最接近軍事基地派出的三個營的部隊，預計在明天傍晚抵達這裡。能給我等的時間有限。要是今天內沒看到進展，就只剩下從背後拿槍口抵著，逼他們行動這條路了。」

「是呀。儘管很想看著他們搖搖晃晃的新生步伐，在現實中卻沒有那個時間。懂得事先設定好該放棄的時機，妳果然很有一套。」

「什麼很有一套？我只是把作為君主的疏失，厚顏無恥地強加給他們罷了。」

少女的語氣裡充滿對自己的失望。她大大地嘆了一口氣，睜大雙眼試著打起精神。

「無論如何，我還沒放棄說服他們，今天一整天都會盡力談判。如果召來代表在這裡談判的作法不好，由我主動前往村落說服也……」

女皇思考尋找著與現在不同的接觸方式。但科學家少女對她搖搖頭。

「如果妳想跳過代表們向大眾直接發表演講，就算得倒剪雙臂架住妳，我也會制止妳。在談論效果好壞之前，這麼做的風險太高了。我不會讓妳暴露在對妳不友善的民眾面前。」

喜歡發表極端言論的少女說出一番與她極不相襯、十分符合常識的正確言論。沉默籠罩著帳篷。哈洛在帳篷一角關注這一連串的對話，不忍她們陷入僵局開口搭話。

「陛、陛下，由我——」

可是，當那聲呼喚化為言語震動空氣，她心中響起另一道聲音。

——等等，哈洛。這麼做不對。

哈洛赫然僵住。她內心的另一個人格繼續道。

——如果我們直接行動，或許的確能製造促使那夥人解散的契機。不過，如果接受這種作法，陛下從一開始就不會前來此地。陛下不是為了改善帝國把政治問題丟給軍人解決的習慣，一直以來都在努力嗎？

「…………！」

哈洛想不出該如何回應，低下頭握緊雙手。女皇察覺她的樣子不對，忽然問道。

「……？哈洛，妳怎麼了？難道是身體不適……？」

看著應該保護的對象投來關心的目光，哈洛對自己的沒用感到胸中一痛，自然地露出笑容掩飾過去。

「……不，我沒事。差點脫口而出亂說話了。抱歉，陛下。」

哈洛低頭致歉後壓抑心中的焦慮，再次站在一旁待命——這時候，一名士兵衝進帳篷報告。

「報——報告！村落西側的居民之間起了衝突！似乎是不同團體為了爭奪食物而發生內部糾紛……！」

在場所有人臉上掠過一陣緊張，女皇馬上反問。

「傷患呢？」

「正持續增加！還有人拿出自製的武器，激動得超出口頭爭執程度了！」

聽到回答幾秒鐘後，夏米優說出應該採取的行動。

「——伊格塞姆榮譽元帥！你率領一營騎兵去平息紛爭！」

聽到命令，至今都像一塊岩石般沉默佇立的炎髮男子久未發言地開口。

「恕臣惶恐，陛下。我在此地的目的是最優先保護您的安全。」

「我知道。不過，你無疑是這裡最有機會對於失控群眾發揮抑制效果的人。許多人一看見你的雙刀就會打消亂來的心思。為了避免不必要的流血，這件事務必要由你出馬。」

夏米優有理有據地說出下令的理由。伊格塞姆榮譽元帥思索了一會後回答。

「……那麼，請陛下許諾，在我回來之前都待在原地絕不離開。」

「這是當然。我在這裡等你的好消息。」

女皇把手貼在胸口斬釘截鐵地承諾。體察到她的意思，炎髮將領展開行動。

「我將盡快歸來。」

於是，索爾維納雷斯．伊格塞姆率領的騎兵部隊繞行至村落西側。村落裡有幾個人都看見了這一幕。

「……『炎髮伊格塞姆』離開大本營了。」

一個人拿著望遠鏡低語。他身旁的男子點點頭，環顧背後正全副武裝待命的同伴們。

「現在正是良機——動手！俘擄女皇！」

吶喊聲響徹周遭，一群人同時出擊展開戰鬥。

「敵、敵襲！敵襲——！」

當衝進帳篷內的士兵報告，外面敲響的銅鑼也把同樣消息傳遞全體部隊。在緊張到極點進入臨戰狀態的氣氛中，士兵補充說明情勢。

「陛、陛下！部分民眾從正面來襲！那些人都有武裝！不是自製武器，而是軍用十字弓和風槍……！」

武裝兩字沉重地在女皇耳中迴響。然而她還沒說出如何因應，另一名士兵就臉色大變地奔進來。

「報告！接受說服往南前進的兩個集團，突然改變行進路線接近這裡！遠遠望去，他們手上都拿著武器！」

這份報告代表了來自不同方向的襲擊。糟糕～科學家少女摀住額頭呻吟。

「……看樣子上當了。」

「瓦琪耶……」

「那夥人大概是叛軍的殘黨，陛下至今的鎮壓對象中的殘存者。他們應該是混進流民集團裡求得溫飽之際，在村落聽說妳會前來此地的消息後在此等待。」

夏米優神色嚴厲地頷首。帳篷內的軍官們慌亂地行動起來。

「趁著伊格塞姆元帥帶兵離開大本營的空檔，配合假裝接受說服繞至我軍後方的同夥兩面包夾。戰術相當周到啊。這次的目的是說服並非鎮壓，我方帶來的兵力本來就不多。」

「……我去看看外面的情況！」

哈洛奔出帳篷。現在已沒有任何理由得顧及軍人身分遲疑不行動了。

「「「「「喔喔喔喔喔喔喔喔喔喔喔喔喔喔喔！」」」」」

群眾手持武器湧向女皇所在的大帳篷。迎擊的騎兵們立刻發現，對方並非單純武裝起來的一般人。因為他們看出，集團一部分的行動模式與自己受到的訓練有共通之處。

「可惡，別過來，叛亂份子……！」

「別打亂隊列，敵人會趁隙穿越！他們可是不顧一切！」

壓縮空氣的破裂聲交疊響起，中彈的馬匹痛苦嘶鳴。騎兵們不甘示弱地發出吶喊，投入出乎意料的戰鬥。

「…………！」

目睹這一幕，讓哈洛體認到他們如今正無庸置疑地陷入困境。彷彿要證實這一點，她心中傳來說話聲。

——……形勢不妙，哈洛。那些傢伙抓住這個機會豁出全力了。對手人數大幅占了上風，這次又是在平原布陣，對防守方的優勢不大。包圍網很快就會完成……

派特倫希娜語氣中透著焦慮地往下說。

──等索爾維納雷斯・伊格塞姆和部隊一起歸返，情況就會改變。但是照這樣子來看，連能不能支撐到那時候都很難說。得想想辦法才行。

「…………」

──？喂，哈洛？

哈洛轉身回到帳篷。面對女皇和臣子們的目光，她努力地以冷靜的聲調陳述現狀。

「……各位，情況很嚴峻。」

在說出這句話的瞬間，她感到眾人倒抽了一口氣。哈洛毫不留情地說道。

「如果被這個數量的敵軍包圍起來持續衝鋒，防衛線或許將在伊格塞姆榮譽元帥的部隊返回前遭到突破。」

她邊說邊以眼神向一名部下示意，讓他取來事先備妥的東西。哈洛單手舉起那一頂金色長髮──類似女皇髮型的假髮往下說。

「因此……我有一個提議。陛下，恕臣惶恐，請給我兩個排的騎兵，與陛下的外套和皇冠好嗎？」

出乎意料的提議使得夏米優愣住了短暫的一瞬。她察覺對方的意圖，臉上浮現清晰的恐懼。

「……等等。哈洛，妳難道是想……」

「敵方的目標是陛下。所以，就由帶著陛下替身的誘餌部隊去引開他們的注意力……我和陛下身高相差太遠，會從部下女兵裡挑人擔任替身。如果順利的話，應該能引走大多數湧向陣地的敵軍。」

在她想得到的範圍內，這幾乎是唯一突破現狀的方法。夏米優起身大喊。

「不行！哈洛，我絕不能讓妳做出這種危險的——」

「嗯。只有這個辦法了吧。」

另一個聲音蓋過女皇的話頭。在錯愕的女皇身旁，科學家少女抱起雙臂點點頭。

「由我來擔任替身。在隨行人員裡，身高和陛下最接近的人怎麼看都是我。沒關係吧，貝凱爾少校。」

「瓦琪耶？」

夏米優一臉愕然地看著臣子。她本人則冷靜地補充。

「別放在心上，夏米優。沒有預料到這種狀況並做好準備，是作臣子的失職。而且聳恿妳的人是我，我會負起責任。」

瓦琪耶脫下白衣外套扔在一旁，笑了笑想安撫她。

「放心。我繼承了師父擅長逃跑的本事，會盡力耍得那些傢伙團團轉。」

少女強而有力地宣言。哈洛確認她的決心。

「……替身一旦落入敵人手裡下場堪慮。瓦琪耶小姐，妳真的願意嗎？」

「沒問題。我不打算被逮到。」

瓦琪耶從鼻子裡哼了一聲。夏米優一臉愕然地來回看著她們倆。

「等等——妳們等一下。我不允許……！與其拿妳們當誘餌，那不如傾注這裡所有兵力嘗試突圍！」

少女近乎哀鳴地揚聲喊道，哈洛嚴厲地朝她搖搖頭。

「陛下。敵軍正以分斷我們和伊格塞姆榮譽元帥為最優先目標來部署兵力。因此，突圍可能性較高的地方是反方向……就算和陛下一起突圍，反倒將離友軍更遠。」

「這狀況在妳們去當誘餌時也一樣吧！愈是吸引敵軍遠離這裡，妳們就愈加孤立……！」

「不要緊。我們騎馬出發，只要一開始成功突圍，直接繼續逃跑並非難事。和他們玩玩捉迷藏，伊格塞姆榮譽元帥的部隊就會趕來救援。」

「縱然如此，也不能保證妳們在救援抵達前平安無事……！別去，哈洛。我、我很害怕！如果離開大本營之後，連妳也像雅特麗一樣一去不返的話——」

夏米優眼角泛淚地懇求。哈洛默默地走到她身旁，溫柔地抱住她的身軀。

「我一定會回來……絕對、絕對會平安歸來。」

女子向顫抖的少女借走冠冕和外套，露出一如往常的柔和笑容說道。

「所以，這次的事情就包在大姊姊身上，放一百個心吧。」

——哈洛！喂，哈洛！妳在聽嗎！

哈洛來到帳篷外，在離喬裝過的瓦琪耶與騎兵們不遠處為準備騎的馬匹上馬鞍。在她心中，另一個人格正嚷嚷個不停。

——我確實說過得想辦法解決！但在這種狀況下出去當誘餌簡直是瘋了！設法解決，結果導致自己的生存率下降又算什麼！

哈洛沒有回答，默默地進行準備工作，派特倫希娜就快要哭出來地呼喚。

——回答我！妳是怎麼了？自暴自棄了嗎？妳終於對活著感到厭倦了？對我們至今所犯的罪行產生自覺……！

「不。我沒有自暴自棄。」

哈洛此時終於回答。她以細微但堅定不移的聲調說道。

「我認為我們出去當誘餌，是最能有效保護陛下安全的方法。我認為我們辦得到。判斷的基準僅僅是這樣罷了。所以——我沒有半點在這裡捨命送死的念頭。」

哈洛踏著馬蹬跨上固定完畢的馬鞍，握起韁繩。

「去做我們辦得到的事吧，派特倫希娜……雖然我想了很多，到頭來這是唯一的解答。我只能作為騎士團的成員支持大家，和大家一起保護夏米優陛下。」

哈洛加重握韁繩的力道。她訴說著——在心中明確成形的意志。

「我明白，這絕非什麼彌補。因為，我不是為了對至今所犯的罪行贖罪才想保護大家。倒不如說，我不惜犯下更多罪也想保護大家。保護伊庫塔先生、馬修先生、托爾威先生、夏米優陛下，還有雅特麗小姐──那些知道我不是乖孩子依然接納我的人。」

每當一一唸出他們的名字，哈洛的決心就變得更加堅定。沒錯──她絕非被別人強迫要這麼做。

「因為下定決心，我才得以面對至今所犯的罪行與和未來將犯下的罪行。我再也不會把罪孽強加給派特倫希娜（妳）。再也不緊抓著乖孩子的假象不放。無論自己多麼醜陋、多麼骯髒──我都決定要背負那一切和大家一起生活！」

這番宣言無疑會成為她生涯的轉折點。看出哈洛有所覺悟要踏出無法逆轉的那一步，派特倫希娜惴惴不安地向她說道。

──……妳要接納一切，當成自己的一部分吧。包括我這個殺人魔，還有我至今曾做出的行徑。

哈洛點點頭。來自心中的詢問再次傳來。

──一旦這樣做就再也無法回頭。再也無法回去當乖孩子哈洛。妳真的接受嗎？

哈洛立刻點頭。派特倫希娜此時終於明白，不管重問多少次、怎麼改變用詞發問，得到的結果都一樣。

──……是嗎……那就、無可奈何了。這雙手沾染的罪孽、技術和力量全部屬於妳，哈洛。

為了保護哈洛心靈而誕生的壞孩子英雄，終於接受哈洛心態上的轉變。哈洛瑪．貝凱爾毅然地策馬前行，跨出自行抉擇、自行踏出的第一步。

「謝謝妳，派特倫希娜──我們走！」

「──衝啊！衝啊～！」「只差臨門一腳了！」

叛軍殘黨不斷地殺過來。奇襲成功令他們聲勢大振地衝向大帳篷。這時候，一隊組成縱列的騎兵衝了過來。

「嗚喔……？」

他們畢竟實沒魯莽到正面對上衝擊的程度，騎兵們一口氣從猛然閃避的殘黨中間穿越而過。在騎兵當中看到眼熟的金髮與黑衣飄揚，他們紛紛高喊。

「──是女皇！女皇在那群人裡！」「別讓她跑了，追！快追～！」

「嘻嘻，上當追過來了！」

「別說話！會咬到舌頭！」

載著瓦琪耶在隊列中央策馬疾馳的哈洛喊道。即使隔著背部，她也能感受到同樣騎馬的一部分敵軍陸續追了上來，人數超過她們的兩倍。

「就這麼逃跑只會拉遠和友軍會合的距離！所以在遠離之前──做好覺悟了嗎，瓦琪耶小姐！」

聽到哈洛催促她做好心理準備，科學家少女勇敢地回答「我懂！」。哈洛覺得很幸運能遇到置身絕境也不膽怯的人物，向周遭的部下大喊。

「部隊轉進！進村落！」

她左手一拉韁繩調轉馬頭。沒理會察覺騎兵隊接近而驚呼到處逃竄的居民們，她連同部隊一起衝進村落。

「在這裡下馬！」

「喔喔？」

進入簡陋小屋林立的區域時，哈洛勒住了奔馬，抱著喬裝成女皇的瓦琪耶跳下馬背。她拋下馬匹，告訴周遭的部下們。

「從這裡開始，以班為單位分頭行動！按照事前交代的步驟穿越村落！如果迷路總之就往西南跑！別想著半途會合，請一口氣衝到村落另一頭！」

收到指令的士兵們陸續下馬。哈洛牽著瓦琪耶的手躲在他們身後暗處，留意著周遭的視線低聲說。

「……瓦琪耶小姐，請脫下外套和假髮交給我。現在脫去喬裝也不要緊了，和他們一起跑到村落另一頭吧。聲東擊西的任務由我來負責。」

既然已讓追兵以為女皇在騎兵隊裡，接下來不需要靠替身一個人吸引他們的注意力。瓦琪耶很快察覺她的意圖，迅速脫下喬裝。

——差不多輪到我出場了？

閒著無聊的派特倫希娜悄聲要求工作，哈洛在心中給予肯定的答覆。在她眼前，脫掉女皇服裝一身輕便的科學家少女轉身邁步奔跑。

「真正的捉迷藏來了！大姊姊也要小心！」

瓦琪耶與士兵們會合，往村落深處奔去。目送他們的背影離去後——哈洛立刻閉上眼睛，將身體主導權轉讓給另一個自己。

「——可惡，混進村落了嗎！在哪裡？她躲在哪裡？」

被女皇的幻影吸引下，追逐他們一行人趕來的敵軍，在目標進入簡陋小屋十分密集的村落時跟丟了。村落裡的地形非常不適合騎馬，他們不得不下馬，靠著雙腳搜索。

「大家分頭搜！我們搜那裡——」

「找到了～！在這邊～！女皇在這邊～！」

還沒等到展開搜索，不遠處就傳來喊叫聲。眾人聽到後變了眼神。

「那邊嗎！走，別被其他人搶先了！」「等一下！是我們先到的！」

——追兵的氣息正接近這裡。就算只是單純擾亂情報，對付一群從一開始就不團結的人也很有效。

派特倫希娜領頭帶著部下們在村落裡飛奔，口中喃喃自語。當狀況發展至此，這次由多個叛亂勢力殘黨拼湊成的敵軍，將針對由誰來俘虜女皇展開激戰。因為抓住女皇的團體將占據優勢，是不證自明的事實。因此，這也是哈洛等人能夠利用的破綻。

「納克沙上等兵，可以再大喊一次嗎？」

「遵命！——喂，在這邊！女皇在這邊～！」

上等兵奉命放聲大喊。派特倫希娜微笑著點點頭。

「辛苦了，你的聲音真宏亮。這邊喊了兩次，接下來其他班會接手吸引敵人的注意力。」

「遵命！這種工作請包在屬下身上！」

納克沙上等兵浮現溫厚的笑容回答。派特倫希娜與他們並肩奔跑，口中再度喃喃自語。

——像這樣擾亂敵方，同時穿越村落拉近與索爾維納雷斯．伊格塞姆部隊的距離。只要成功會合就等於勝利在望——

她在奔跑的同時想像著之後的發展。這時——一名留在村落裡的敵兵發現他們，攔住去路。

「唔……？等等，那邊的傢伙——嘎啊！」

還來不及發生衝突，派特倫希娜投擲的小刀已貫穿那人的額頭。男子頹然癱倒。派特倫希娜在擦身而過之際收回小刀，連看也沒看一眼地越過他。

——敵方也有這種觀察力強的傢伙。得趁著引起騷動前先收拾掉。

此時，她感覺到來自身旁的視線看了過去。剛才奉命大喊的納克沙上等兵驚訝地看著她。

「少校，原來您擅長丟飛刀啊。那樣的距離只用了一擊就……真是吃了一驚。」

「……………」

她正想隨意找藉口掩飾，突然決定和另一個自己交換。意外拿回主導權的哈洛險些跌倒，在勉強站穩後開口。

「──作、作軍官的，總會有一、兩手深藏不露的絕活！」

為什麼突然交換啦？哈洛隨口敷衍，在心中抱怨派特倫希娜。迅速潛伏到心底的派特倫希娜若無其事地回答。

──因為妳用了原本由我掌管的技術，在部下眼中的印象不能還和以前的哈洛一模一樣。我覺得妳要趁現在去習慣這方面的調整。老是靠我掩飾過去，最關鍵的妳會適應不來吧？

聽到她意外地考量到未來情況的意見，哈洛驚訝地小聲回答。

「……嗯，有道理。抱歉，派特倫希娜，正如妳所說的一樣。」

──妳在道什麼歉？更重要的是──對付兩名敵兵我還能勉強偷襲得手，更多人就吃不消了。小刀的數量也有限，最好盡可能避免接觸戰鬥。

「嗯……我知道。」

哈洛一臉嚴肅地點點頭……精準地運用手邊戰力，誘導敵人的意識並克服危機狀況的本領。如今解禁開放使用以間諜身分學習到的技術後，敢攔住她們的人，必須做好相應的覺悟。

「……穿越村落了。」

一邊戲耍敵人一邊奔跑了十幾分鐘後。密集的簡陋小屋漸漸變得零星起來，他們即將穿越村落抵達另一頭。哈洛等人停下腳步。進入無處躲藏的平原將遭到敵方騎兵狙擊，現階段無法再前進了。

「啊，大姊姊！」

連連揮手的瓦琪耶躍入眼簾，哈洛的部隊與保護少女的班成功會合。由於藏身的遮蔽物愈來愈少，他們與先行抵達的班會合，接下來必須做好持久戰的準備。經過同樣流程接到其他班後，哈洛告訴部下們。

「大家一邊保護瓦琪耶，一邊在這裡等待友軍抵達。一看見伊格塞姆榮譽元帥的部隊，就揮舞旗幟呼叫他們……到了緊要關頭，請大家主動鼓起全力跑過去。」

哈洛仔細囑咐由她指揮的所有士兵之後，轉身開始往回走。錯愕的部下們連忙呼喚。

「少校？」「您、您為何往回走？」

哈洛一度停下來回過頭，淡淡地回答他們的疑問。

「還有班尚未抵達這理。我去接他們過來，順便爭取一點時間。」

「您獨自去？」「這怎麼行，太危險了！」「那我等也一起——」

勇敢的士兵們接二連三地提議同行。但哈洛抬起一隻手制止了所有人，斷然說道。

「由我來處理吧。這是命令——好讓部隊的損害維持在最低限度。」

這裡就交給你們了——哈洛留下這句話後再度奔回村落裡。她選擇和過來時截然不同的路線，發現有一個看似迷路的班進退維谷，便毫不猶豫地跑向他們。

「真傷腦筋，同伴們都在哪裡——喔喔，貝凱爾少校！」

「集合地點在那邊！趕快過去！」

她拋出指示。在好幾個地點重複相同的行動後，哈洛心中傳來說話聲。

——追兵的氣息正在接近，就快到了。即使索爾維納雷斯・伊格塞姆察覺這裡的異狀用最快的速度趕來，也不一定趕得上。

「……嗯。不過，再爭取十分鐘就是我們贏了。」

一說出這句話，哈洛下定決心闖入附近的簡陋小屋。正在煮飯的一家三口同時驚訝地轉過頭看向她。

「各位，請馬上離開這棟房子。」

哈洛沒有囉嗦，簡短地提出要求。一家人裡的母親護著孩子往後退，而父親皺著眉站起來。

「……妳、妳是誰啊？這裡是我們的——」

嚓！一聲脆響響起，小刀掠過男子的頭側刺進小屋的梁柱。面對僵住的三人和他們的精靈，哈洛舉起另一把小刀放話。

「我再說最後一遍，請離開……沒有第三次。」

威脅發揮作用，他們三人嚇得同時衝出屋子。哈洛在四周潑灑裝在陶壺裡的儲備菜籽油，用火鉗夾起烹飪用的熱炭扔進地上的積油裡，火舌立刻竄起，順著梁柱往屋頂沿燒。

「嗚喔……？」「是火！起火了！」「可惡，是誰搞的鬼！」

察覺異狀的附近居民們大喊。哈洛避開他們的耳目離開屋子，仰望竄向天空的火焰和濃煙，當場悄然低語。

「搞得這麼高調，追兵的注意力應該會轉向這裡。」

——……妳真不擇手段，哈洛。

「事情是由我決定，由我做出來的。我不會再把『壞孩子』強加給妳。」

相對於淡然的語氣，哈洛將雙拳緊握到骨骼喀喀作響……在北域動亂時，哈洛也有過放火燒村的經驗。不過當時有「這是不得已奉命行事」的藉口可用，這次卻沒有。一切都是她自己的選擇，結果則是眼前的景象。

再也無法回去當乖孩子哈洛。她痛切地體會著派特倫希娜的那句話，但還是在心中為了一件事道歉。

「……不過，對不起。就算誇下海口，以亡靈身分學到的許多技術我還……」

——我知道。那些直接殺傷類的技術，妳還運用不了。接下來的事情由我來吧。

有力的承諾自心中傳來，派特倫希娜再度接收哈洛轉讓的身體開始行動。接下來要進行的工作令她興奮地揚起嘴角，唱出那首作為起點的歌謠。

「——開始美妙的工作吧。開始我們的工作吧。」

以歌聲當作宣言，她的身影忽然消失——兩把小刀分別扎進被騷動聲吸引過來的敵人頸部與後腦杓。

「嘎！」「呃！」

受了致命傷的兩人趴倒在地。和他們同夥的另一個人臉色大變地環顧四周。

「什……！是、是哪裡？攻擊到底是從哪裡——」

「這裡。」

聲音突然從背後傳來，是男子死前最後閃過的念頭。被一口氣割斷頸動脈，他在短短數秒內失去意識癱軟地跪倒。三具屍體倒在血泊中。派特倫希娜轉向目睹這一幕嚇得驚呼的居民們。

「我有一件事想拜託你們——既然要大叫，能叫得更大聲些嗎？」

她一邊說，一邊單手拿著染血的小刀面帶微笑地走向居民們。民眾發出刺耳的尖叫四散奔逃，聽到喧鬧聲後的大批敵兵集結過來。

「騷動在那邊嗎！」「失火了！」「女皇在哪裡？」

趁著還沒被發現，派特倫希娜躲進房屋陰影處觀察情況。她計算敵人的數量，問心中另一個人格。

「……來了一整批。聲東擊西順利奏效，但很難再靠偷襲收拾他們了。接下來風險也會提高。妳打算解決幾個人之後撤退？」

——和解決幾個人無關，引開他們的注意力直到時間夠了為止，還剩七分鐘！

「看樣子不輕鬆啊！」

女子笑著這麼說，撿起附近堆放的木柴扔了出去。木柴擊中簡陋小屋牆壁發出聲響，再度吸引敵方的注意。

「有動靜！是那邊！」「別讓人溜了！快追！」

那群敵兵湧向錯誤的方向。派特倫希娜尾隨在後，一再聲東擊西與戲耍他們，不僅如此，她還趁著敵人一瞬間孤立的空檔再殺掉四個人。

派特倫希娜數著藏在軍服裡的小刀還剩幾把，從鼻子裡哼了一聲喃喃地說。

「這裡的地形正好適合。可以隱身的地方很多，方便使用打了就跑的戰術。僅管沒辦法模仿雅特麗希諾・伊格塞姆那樣對付眾多對手，像這樣邊戲弄兩下到處逃竄，再撐一會——」

游刃有餘的獨白戛然而止。在思維漸漸傾向樂觀的派特倫希娜目光所及之處，三名和她穿著相同軍服的男女被敵兵團團包圍。

——派特倫希娜！那是我們的同伴！

「不會吧！我明明交代過別繞路直接穿越村落，要怎麼迷路才會跑到這裡來！」

派特倫希娜發著牢騷，二話不說地往前衝。一進入攻擊範圍，她雙手同時擲出兩把小刀。被射穿後腦杓的兩名敵兵倒地，派特倫希娜壓低身子從背後斬向剩下的五人。

「咳哈——！」「嗚喔？」

她成功地劃開一個人的脖子，但這已到了極限。接著狙擊的第二個人後退閃過刀鋒，拿起上刺刀的十字弓重新拉開距離。派特倫希娜嘖了一聲，擋在敵兵與部下們之間。

「少、少校……」

「別停下來，快逃！」

派特倫希娜背著手推了部下的肩膀一把，放他們逃跑。然而，她本人因此無法打了就跑，被舉起武器的四名敵兵前後堵住退路。

——被包圍了……

哈洛的聲音從心中響起。派特倫希娜在口中呢喃「別擔心」，雙手分別拿起兩把小刀。

「……呼——！」

她向前方的敵兵同時擲出兩把小刀。有所提防的敵兵以手臂護住身體，避免了致命傷。

「——喝！」

可是因為這樣，在手臂揮到底的瞬間，派特倫希娜的雙手還各剩下一把小刀。她迅速扭轉腳踝和腰部一百八十度轉換方向——向下揮到底的手臂再度往上揮的動作，能夠以最短的時滯進行第二波投擲。出乎意料的反撲使得正準備趁隙從背後襲擊派特倫希娜的兩個人連退數步。派特倫希娜立刻從敵人之間竄了出去。

「……很好！雖然小刀用完了，這樣一來勉強能——」

篤定勝利在握的派特倫希娜衝進一條小路——就在那一剎那，從死角伸出的手牢牢地抓住了她的手臂。

「——？」

「逮著妳了，女人。」

一雙散發敵意的眼眸貫穿了她。與對方四目交會的瞬間，派特倫希娜臉頰抽搐地暗道一聲「糟糕」。

「「「「「喔喔喔喔喔喔！」」」」」

敵軍集團也慢慢地找到了哈洛留下的部下們所在之處。他們組成陣形，拚命牽制推開一找到破綻就企圖攻過來的對手。

「瓦琪耶小姐，危險啊！再後退一點！」

體格健壯的士兵們將現在負責護衛的文官少女護在背後。瓦琪耶透過士兵軀體的縫隙之間觀察情況，依親眼所見分析狀況。

「……湧現的敵人數量比預料中來得少。大姊姊真的獨自引開了敵方的注意力……」

推測不在眼前的女子奮鬥的情景，科學家少女握緊雙拳。

「……啊～真是的……！在這種時候沒有信仰的神可以祈禱，科學家就是這點難熬……！」

「——咳哈！」

骨骼嘎吱作響。將女人曳倒在地上，軍靴的鞋尖毫不留情地一腳踹中她的胸口。

「把我們耍得團團轉嘛。妳這混蛋一個人就殺了幾個人？」

男子反覆地猛踹倒地的派特倫希娜。正當他們四人聯手專注於這項行動時，從後面趕來的同伴一臉慌慌張張地衝了過來。

「喂，敵人聚集在那邊！」「會被別人搶先的！快點宰了這女的吧！」

一雙無機質的眼眸回瞪著想趕快前進的兩名同伴。

「發現女皇的身影了嗎？」

「咦？不……」

「沒有對吧——看她的軍階章，這女人是校級軍官，和其他兵卒不同。這種身分應該要直到最後都隨侍在女皇身旁。」

男子以眼神投向女子斷言。聽到這番話，其他人也漸漸察覺不對勁。

「這種高階軍官單獨出來聲東擊西。我不禁認為，這裡離女皇本人更近——你們去附近搜一搜。」

聽到指示，他的同伴們半信半疑地搜索起四周的簡陋小屋。被按住的派特倫希娜目光游移地想找出一條生路，但她心中突然傳來聲音。

——……交換吧，派特倫希娜。

「……咦？等等，哈洛──」

當女子感到疑惑時，身體的主導權已經轉移給哈洛了。感受著痛楚湧向被踹傷的腹部，她在口中喃喃低語。

「……我們的任務是爭取時間，而妳為此奮戰。所以──接下來承受痛苦是我的任務。」

哈洛以有所覺悟的眼神斷然說道。男子揪住她的頭髮令她抬頭，簡短地命令。

「回答我，女人！女皇在哪裡？」

哈洛緊抿著嘴唇不理不睬。看到她的反應，他向在一旁關注情況的同伴下令。

「小指。」

那些人聽到之後，把哈洛的小指扭向與平常相反的方向，用軍靴鞋底抵住。當審問者以眼神示意後，他放上體重一腳重重地踩了下去。

「──────！」

喀嗞！哈洛的小指隨著摻雜水聲的聲響壓扁了。哈洛肩頭一顫，男子再度拉起她的上半身，用與剛才一模一樣聲調發問。

「女皇在哪裡？」

「……！……」

她再一次置之不理。彷彿預料到這個反應，男子淡淡地對同伴發出指示。

「無名指。」

第二根指頭隨著同樣的流程被踩斷。疼痛的波濤從指尖經過背脊穿透頭頂，哈洛的額頭猛然冒出冷汗。

「女皇在哪裡？」「——中指。」

「女皇在哪裡？」「——食指。」

骨頭喀嚓折斷的聲音斷斷續續地響起。交談聲極為安靜，連痛苦的叫喊都沒有出現。如果閉上眼睛只聽聲音，甚至無法發覺這是一場拷問。暗示這個事實的，只有哈洛為了忍痛而發作的全身痙攣。

「女皇在哪裡？」

每一個字都相同的問題，被第五次的沉默駁斥。男子輕輕頷首下令。

「大拇指。很痛喔。」

收到指令的同伴嘆口氣執行拷問。他壓彎哈洛的大拇指用鞋底抵住，放上重量踩下去——折斷。

「～～～～～！」

哈洛牙關格格打顫。將意識染成一片空白的劇痛，從壓扁折斷的拇指如怒濤般湧向全身。

「真叫人佩服。連這樣也不慘叫一聲？」

男子如此說道，探頭注視哈洛的臉龐。看見她回望的眼神蘊含著堅定的光芒，他從鼻子裡哼了一聲。

「眼神完全沒有崩潰……左手換個用刑方式吧。」

乾脆地放下哈洛五指全部往反方向扭曲的右手，男子以眼神向同伴們示意左手。當一個人拔刀將刀尖抵在手指和指甲之間，他繼續審問。

「女皇在哪裡？」

無論遭受多少折磨，哈洛也沒產生任何怨恨對方的想法。

要她想出多少更殘酷的拷問法都沒問題。她甚至記得，大多數拷問都是用在別人而非她的身上──沒錯，那些記憶如今確實化為自身做過的行為，存在於哈洛瑪＝派特倫希娜心中。

在那些黑暗血腥的記憶中，她總是笑著用刑。相較之下，眼前這些人簡直充滿紳士風範。畢竟他們只把拷問當成一種手段，既沒有透過拷問獲得快感的意圖，也沒露出觀看受刑者反應取樂的態度。

若是單純的痛楚──很諷刺的是，承受起來輕鬆得多……與周遭所有人都享受虐待他們姊弟的樂趣，那宛如地獄般的童年相比的話。

「……夠了。停手。」

看出沒有成效，男子舉起一隻手制止持續拷問她的同伴。鉅細靡遺地審視在短時間內飽受折磨的對方全身之後，男子語帶嘆息地說。

「……折斷五根手指、剝掉五片指甲與鞭打全身。吃了這麼多苦頭，還是保持沉默忍耐？」

與看似一條鮮紅破抹布的悽慘外表相反，她回望男子的雙眸裡找不到一絲膽怯或畏縮。男子接受了白費力氣的事實，再度走近哈洛。

「如果時間允許，也想試試更有耐心的拷問——不過沒時間拖下去了。」

他面露放棄之色拔出腰際的刀子，將鋒利的刀尖對準她仍保有不變光輝的雙眼。

「最後的二選一，女人——光明和女皇，妳選哪一個？」

「…………」

「選擇光明，我馬上釋放妳。選擇女皇，我就戳瞎妳的雙眼後棄置不顧。」

男子最後訴諸於無可挽回的喪失的恐懼感，而非試圖逃離痛苦的本能。比起「威脅不說就宰了你」，這麼做在大多數情況下都更有效。理由很單純——想像死亡很困難，但任何人都能夠想像永遠的黑暗是什麼樣子。

「哈洛，說點什麼！不然會喪命的，哈洛！」

——和我交換！他真的會動手！聽見了嗎，哈洛！

腰包裡的搭檔米爾和心中的派特倫希娜不斷發出訓斥和聲援。即使聽到呼喊，哈洛也茫然地沒有反應。

因為——痛苦使她感到平靜安穩。一想到這是至今犯過的罪正報應在自己身上，比起侵襲身體的痛苦，她感到心情變得更加輕鬆。所以哈洛對敵人無從產生憎恨或敵意，甚至感謝對方給予她應得的際遇。

「一聲也不吭？……妳會後悔的，先廢掉一隻眼睛。」

刀尖對準眼珠往前戳刺。刀身冰冷的質感逼近了她。

在那一瞬間，哈洛鉅細靡遺地想起——所有將被刀尖奪走的景物。

「——啊——」

太過耀眼了。「騎士團」同伴們給予她的光芒，是她一輩子所有的光明。

——回來吧。妳遲遲不回來，我們一直都在等妳。

這句話一直在她耳中縈繞。她清晰地回憶起，連同所有罪孽全面接納她的青年的聲音。

無法忍受——哈洛突然冒出這個念頭。她並非害怕光明被奪走，沒有任何人能夠奪走它。就算雙眼被戳瞎，填滿整片心靈的光芒也不會消失。她將在黑暗中一直緊緊擁抱著那道光明，直到生命結束。

她無法接受的是——沒有對賦予自己的光明做出任何回報就死去。受到他們救贖，卻走向只會令他們悲傷痛心、毫無意義的死亡。

——是乖孩子也是壞孩子的哈洛。我們每個人都很喜歡妳。

她許下心願——我想回報那句話。回報拯救她的靈魂脫離地獄的他、回報選擇接納她的同伴們。
在送出足以匹配的祝福來回報他們無比的溫柔之前，這條性命還不能結束。
「——啊、啊……」
一股動力湧現。喪失除了疼痛外的感覺的雙手，爆發難以置信的力道。
「————啊啊啊啊啊——！」
「嗚喔——！」「——唔？」
哈洛發出咆哮。靠著敵人的鬆懈和鮮血的潤滑相助，她的一隻手恢復自由。她用指甲被拔光的左手抓起男子手腕抱住，用盡全力把瞄準眼球的刀尖轉向地面。
「嗚啊啊啊啊啊啊！啊啊啊啊啊啊啊啊！」
「嘖——！」
男子臉上一瞬間閃過驚訝。但隨即冷靜地甩開她的手臂。
「混蛋，到了這個節骨眼還……！」
事到如今再掙扎也毫無意義可言，男子咂咂嘴表示。和先前判若兩人的激烈抵抗，理應只代表她在拖延失去光明的時刻到來……
「——疾！」
鋼鐵的光輝一閃而過，男子的視野毫無預兆地上下顛倒——直到身首異處的瞬間為止，他都沒發覺這個想法有著根本上的錯誤。

「——咦？」「什……」「嗚、啊——！」

繼男子之後，聚集在週遭的敵兵接二連三地被砍殺。在軍刀和短劍的軌跡所到之處，不容任何人倖存。甚至不給對手抵抗的機會，雙刀的洗禮席捲全場。身體重獲自由的哈洛匍匐在化為血海的地面上拚命爬行。

「呼、呼……！」

是什麼導致狀況發生了變化？她沒有餘力思考判斷。儘管如此，她依然藉著模糊的視野拚命地移動雙手，尋找能夠當成武器的東西。不久之後，哈洛摸到槍柄堅硬的觸感。她連那是十字弓還是風槍也分不清，用十指全都是傷的雙手抱住武器舉起來……

「幹得好，哈洛瑪．貝凱爾少校。」

炎髮將領佇立在她忘我地瞄準的前方。

「陛下已經脫險，並和部下們會合。引開敵軍的任務完成了。」

他告訴她無可撼動的事實，大膽地伸出單手抓住十字弓的機身，將刺刀刀尖往下壓。

「妳達成了任務。因此——可以放下意識昏厥了。」

聽見他粗魯的關懷，當哈洛理解到自己獲救的瞬間，突然失去意識無力地跪倒——索爾維納雷斯．伊格塞姆如同對待易碎物品般，無聲地抱住她遍體鱗傷的身軀。

與打垮敵軍主力的伊格塞姆榮譽元帥部隊會合後，擔任誘餌的哈洛部隊回到女皇正在等候的大帳篷。然而，本應報告任務完成的指揮官卻以躺在擔架上的模樣重返女皇面前。

「……抱歉，夏米優，害得大姊姊逞強。」

「——哈、洛……？」

少女用顫抖的聲音呼喚她的名字，腳步不穩地靠近擔架。於是她看見——全身上下處處撕裂，被裂痕內滲出的血染成暗紅色的軍服。看見熟悉的溫柔女子蒼白失去血色的臉龐。

「啊——啊——哈洛、哈洛！振作點，妳睜開眼睛啊，哈洛——！」

夏米優幾近瘋狂地想抱住她，卻被瓦琪耶抓著手臂制止。

「別吵醒她……鞭打是比我們想像中更嚴酷的拷問。從傷勢來看，大姊姊挨了超過三十鞭。在最糟的情況下送命也不稀奇。」

「————！——」

「右手手指全部脫臼或骨折，左手則被拔掉指甲……雖然沒有直接危及性命的重傷，這種情況反倒是傷口感染的風險更可怕。她必須盡快接受治療……」

瓦琪耶當場揚聲喚來醫護兵。當幫不上忙的夏米優呆立不動時，另一名士兵趕到她面前帶來其他的報告。

「——陛下！集團的代表們正在騷動！受到方才的襲擊，他們似乎以為我等與之敵對了……！」

「——啊、嗚……」

「陛下，這裡的事情交給我們負責吧。大姊姊不要緊，妳去處理流民們。」

科學家少女的這句話，勉強給予思考半處於停頓狀態的夏米優一個方向。在復甦的責任感和義務感驅使下，女皇動作生硬地邁開步伐。

「這——這就過去。」

她和士兵一起穿越大帳篷，前往代表們在等候的小帳篷。女皇在走動中反覆做著深呼吸，在一進入騷動的空間就充滿威嚴地拉高嗓門。

「保持冷靜！雖然看來有不法之徒混在裡面，我不認為你們所有人都是叛賊！等混亂平息後，繼續展開談判——」

「求求你們大發慈悲～～！」

夏米優的發言被一名代表近乎哀鳴的吶喊打斷。然而，這句話並非向女皇說的。流民代表們連看也沒看她一眼，他們向先行到來的軍人們，神情激動地哀求。

「我們和那些傢伙不一樣！」「沒錯！我們無意反抗！」「我們的目的只是請願！」「心裡想著覺得聚集在這裡，軍方遲早會援助我們……！」

代表們不顧顏面地嚷嚷出自私自利的真心話。女皇的臉頰一陣抽搐。不是為了他們所說的內容，而是就算在她親自前來之後，他們求饒、求救的目光也從不曾投向她。

「接下來我們所有事都服從軍方的命令！不會做出任何反抗！所以、所以求求各位拯救我們脫離困境！」

「別拋棄我們！求求你們、求求你們……！」

代表們無視夏米優的發言繼續懇求。彷彿存在遭到否定的空虛感襲向少女，她愕然地站在肉眼看不見的高牆外眺望眼前的光景。她實在擠不出力氣大喝一聲吸引注意力——她只能孤零零地呆立在沒有任何人回頭看她的世界中。

女皇率領的部隊抵達帝都東門。一接到消息，伊庫塔立刻放下手頭所有工作。

「哈啊！哈啊！哈啊！——嗚咕！」

他衝出皇宮跳上馬車。當馬伕告訴他前往東門的路線擠滿了人，青年毫不猶豫地下車改用走的。

「阿伊！」

發現他拄著拐杖踏著腳步不穩地往前走的背影，從後面追上來的托爾威和馬修連忙衝過去。

「喂，別逞強，笨蛋！我扶你一把！」

他們兩人一左一右攙扶著伊庫塔走路。青年在好友的幫助下在路上前進。不久之後，分開人群前行的騎兵集團躍入眼簾，一找到位於騎兵隊伍中間的馬車，伊庫塔立刻確定她們在馬車上，拉高音量呼喊。

「——夏米優！哈洛！」

推開因元帥突然出現而啞然無語的騎兵們，伊庫塔一行人走近馬車。夏米優隨即從車窗探出頭來認出他們的身影，主動打開車門讓三人上來。

「——各位。」

他們看見熟悉的女子躺在固定於車廂內的床舖上。然而，她的樣子過去從未如此淒慘過。她包住全身每一吋肌膚的繃帶與覆蓋右手的固定夾板，足以表明她遭遇了多麼殘酷的暴力。

「哈洛小姐！」「哈洛！」

托爾威和馬修猛然衝向她。近距離看著女子，他們說不出話來。

「對不起——我受了、一點傷。但是，這不算、什麼。這點小傷，很快就會、痊癒——」

哈洛連話都說不連貫，堅強地舉起雙手給他們看。伊庫塔搖搖晃晃地走到她身旁，他扶著床的邊緣，全身顫抖不停。

「這……這種傷勢，哪叫不算什麼！……哪叫沒事啊……！」

由於不清楚負傷的部位和傷勢程度，他甚至無法握著手鼓勵她。滿心的焦急折磨著伊庫塔，但他努力控制自己保持理智。

「……！醫師已經安排好了。直接送她進皇宮吧。」

所有人都頷首同意這個指示，他們搭乘的馬車在士兵們目送之下直接進入皇宮。把哈洛搬進伊庫塔找來的優秀女醫師待命的房間裡後，在診療期間，他們一直站在走廊等著結果。

「醫生，哈洛的……她的傷勢情況如何？」

診療在不久後結束，伊庫塔代表同伴們，一開口就這麼問離開房間的女醫師。她板著標準表情的撲克臉回答。

「……看得出她在短時間內遭受激烈的拷問。由於傷口處理過了，我能做的並不多。她因為發燒而意識朦朧，不過以傷勢來看也是當然的反應。當前必須仔細注意避免傷口化膿。

只要度過併發感染的危機，暫時就沒有生命危險……令人擔心的反倒是後遺症。特別是右手的五指……有幾根手指在痊癒後也很難保證還能像從前一樣活動。還有被拔掉指甲的左手、全身的鞭傷……我將盡力治療，但不可能不留下疤痕。」

聽到關於傷勢的說明，四人的表情心痛地黯淡下來。或許是出於關心，女醫師接下來的話語變得開朗幾分。

「不過——我很佩服她本人渴望康復的堅強意志。在診察過程中，每次我觸碰傷口她應該都會感到劇痛，她卻連一句話也沒叫苦。俗話說病由心生……儘管當醫生的人不該這麼講，實際上，是否具備渴望康復的意志會大幅影響恢復速度。你們可以一起鼓勵她，避免她的動力衰退。」

帶著冷淡的關懷之意說完後，女醫師倏然恢復嚴肅的神情。

「……然後，還有另一件事令我掛心。在談論之前……可以先告訴我在場諸位和她是什麼關係嗎？」

馬修和托爾威面面相覷。伊庫塔明確地回答。

「我們全都像一家人。您可以這麼認為。」

眼見每個人臉上都沒流露出異議，女醫師靜靜頷首。

「……雖然有些猶豫，既然如此，我就告訴你們吧。除了這次受的傷，在她身上還能發現許多舊傷。儘管疤痕隨著時間漸漸消褪……那恐怕是童年時代長期遭受虐待留下的痕跡。」

伊庫塔沉默不語，馬修和托爾威的臉龐僵住了。只有夏米優不了解話中的意思，面露困惑之色。

「我要說的只有這件事。我不知道這個事實代表什麼意義，當然也無意追問。

……不過從你們的反應來看，或許真的是多管閒事吧。今天我就先告辭了，到了明天相同時段再過來看診。」

女醫師轉身離去，肩頭的藍色外套隨著動作飄揚。在她離開走廊之後，夏米優的身軀歪倒。

「——夏米優！」

「……抱歉。不要緊，我只是有點頭暈……」

雖然嘴巴上這麼說，被伊庫塔抱住的少女明顯臉色不佳。托爾威看到後率先開口。

「阿伊，我們會陪伴哈洛小姐。現在先讓陛下歇息吧。」

伊庫塔毫不猶豫地點點頭，牽起夏米優的手邁開步伐。在兩名青年目送之下，他們離開哈洛的病房門口。

一回到禁中的起居室，伊庫塔馬上想讓夏米優上床躺下來，但她搖頭拒絕。少女垂著眼眸坐在藤椅上，黑髮青年彎腰配合她的視線高度，開口攀談。

「夏米優。不躺下來休息真的不要緊嗎？」

她沒有回答這個問題。半晌之後，少女啟唇無力地說。

「………我什麼也辦不到。」

她的話語中帶著無比的自責。伊庫塔握住她的雙手傾聽。

「出發時誇下海口——到頭來我什麼也辦不到。我想要引領使之安居樂業的流民們，打從最一開始眼中就沒有我的存在。自始至終，他們懇求的對象都是軍人……即便我出現在他們眼前，親口承諾提供支援，他們也不曾向我求助過一次……」

抑制不住的情緒，使得她被伊庫塔雙手包覆的拳頭微微顫抖。

「不僅如此，我沒看穿叛賊的陷阱而受困……哈洛為了拯救我，賭上性命自請充當誘餌。她率領少數部隊擔任誘餌——那一身的傷就是結果。

我這個君主何其無能。暴露無能的醜態，暴露自己多麼不受民眾支持。害得最親近的臣子重傷瀕死，沒做出任何成果就不知羞恥地跑回來。這副德性甚至不配稱作昏君。告訴我，索羅克。我——我究竟是什麼？」

「——夏米優！」

青年不忍心看著少女繼續說下去，彷彿要堵住話語般雙臂緊緊擁住夏米優。然而，少女在他的臂彎中依然激烈地掙扎著。

「別溫柔待我，索羅克……！拋棄我也好、勒住我的咽喉也好，任何形式都可以，用你的雙手懲罰我！給予我和哈洛所承受的同等的痛苦！否則的話，我、我——真的會發瘋——！」

夏米優愈是說話，呼吸就變得愈加紊亂與短促。伊庫塔察覺她的精神狀態前所未有的脆弱，在苦思一番後動用了強硬手段。

伊庫塔一手摟住夏米優，另一隻手拿起放在藤椅前方桌子上的小水壺，從口袋中取出藥粉倒進壺內。他輕輕搖晃水壺之後，把壺嘴湊到少女嘴邊。

「——喝下去，夏米優。」

「……嗯？嗯、嗯嗯——！」

突然注入口中的清水令少女吃了一驚，但反射性地喝了下去。確認她喉嚨滾動吞嚥的動作後，伊庫塔拿開水壺。夏米優摀住嘴巴一陣嗆咳，自那一瞬間起感到強烈的睡意湧現。

「……索羅克……你做了、什麼……」

「現在先睡一覺，夏米優。什麼都別去想。」

青年再度以雙臂緊抱著少女，在她的耳畔呢喃。用全身接住她緩緩脫力的身軀，他仰望天花板發牢騷。

「妳才不是暴君，才不是昏君。妳甚至沒有義務持續當個好君主。打從一開始妳就只是夏米優——明明這樣就夠了。」

「……嗯、嗚……」

從睡夢中醒來時，夏米優首先看見的是仰臥在大床右側的自己，與握著自己的手趴在旁邊睡著的黑髮青年。

「……索羅克？這是……」

少女注意不吵醒他地坐起上半身。此時，放在藤椅前方桌子上的水壺落入眼簾，讓她理解一切。

「……原來如此。他拿了藥給張皇失措的我喝下……」

當時的苦味還隱約殘留在舌頭上。一想到青年事先料到她可能喪失理智而準備了安眠藥，他深切的關懷令少女幾乎落淚。

「……對不起，索羅克。連續處理不熟悉的工作，你明明也很疲憊……」

夏米優以指尖輕輕撫摸睡夢中青年的臉頰……剛認識時還殘留著少年影子的五官，這幾年變得成熟許多。除了歲月之外，誰能保證沒有受到自己施加給他的辛勞影響？

「……連後悔都無法獨自處理好……我到底要出多少醜才足夠……」

眼淚忍不住湧了上來，夏米優以雙手摀住眼睛。照這樣下去，等青年醒來時她不知道會露出什麼表情。她如此心想，注意沒吵醒地他悄悄下床，走出房間想重振心情。

夏米優經常在起居室和伊庫塔共度時光，不過在她想獨自靜靜沉思的時候另有去處。禁中的樓頂也是其中之一。儘管有屋頂遮蔽，半露天設計的樓頂通風良好，坐在擺設的長椅上可以眺望夜空。

「……晚安。」

然而，今晚此處有先來的客人。瓦琪耶獨自坐在長椅一角的模樣，和白天快活的態度判若兩人。

「……瓦琪耶？三更半夜的，妳在做什麼？」

「……嗯。我心想待在這附近夏米優妳應該會來，就拜託露露帶我進來了。」

兩名少女在月光下相對。夏米優在長椅中央坐下之後，離她有段距離的瓦琪耶拘謹地開口。

「我可以……坐妳旁邊嗎？」

「……隨妳高興。妳平常都沒徵求過我的同意吧？」

對於她異樣內斂的態度感到疑惑的女皇如此回答。科學家少女站起來走向對方，輕輕坐在她身旁。

「……對不起。」

「……妳是為了什麼事道歉？」

「哈洛大姊姊受傷的事。妳大概會責怪自己，不過那幾乎全是我的責任……由於流民集團擴大的方式並不自然，我必須事先預料到這種可能性。未能設想到這一點，都怪我傲慢自大。」

瓦琪耶說出準備好的道歉台詞。對於這件事感到後悔的人，絕非只有夏米優而已。

「我們在村落邊緣等待伊格塞姆榮譽元帥前來救援時，大姊姊獨自承擔了聲東擊西的任務。我不清楚她具體的行動，但多虧她的努力，湧向我們的敵兵數量減少，兵卒的損傷也得以保持在最低限度。如果沒有她引開敵兵……其實被拷問的對象換成我也不足為奇。」

「……我無意責備妳。無論事情經過如何，下決定那麼做的人是我。」

女皇以冷淡的口吻斷然說道。瓦琪耶用指尖緊緊地揪住她的衣袖。

「別把我那一份責任也扛下。」

對於瓦琪耶些微帶著哭腔的聲調感到意外，夏米優吃驚的注視著她。瓦琪耶吸吸鼻子後再度開口。

「大姊姊很了不起……我之所以主動提議擔任誘餌，只不過是為了遵守自己的美學。那終究只是自戀的延伸。若非認為是我導致狀況發生，我一定直到最後都不會那樣行動。

可是大姊姊不一樣。她明明對於事態發展沒有任何責任，卻理所當然地主動承擔危險……若說理由是她是軍人，那或許是這樣沒錯。不過大姊姊身為軍官，輪到她賭上性命的順序其實排得很後面。就算她一直等到那個時刻到來才心不甘情不願地行動，也沒人能挑毛病。」

「…………」

「包括自己被敵兵折磨的可能性在內，我認為大姊姊確信她能成功地爭取到時間。從她在逃跑途中混淆情報的本事來看，本來應該是諜報人員吧……不，那種事情無關緊要。唯一可以說的是，大姊姊是個能夠為了保護他人賭上自身一切的了不起人物。」

這番話出自貨真價實的敬意和欽羨。瓦琪耶回憶著新近的記憶繼續道。

「今天探望她之後，我不經意地看向屋外，發現有大批士兵湧向皇宮週遭……她深受兵卒們仰慕呢。持續在最前線服務的醫護兵都是這樣嗎？對於在生死邊緣掙扎時受過她看護照顧的人來說，她也許正是女神吧。」

想必就是如此，夏米優心想。哈洛柔和的笑容、溫柔的一舉一動，在戰場上看來耀眼無比。

「那些不是軍官的士兵們無法進宮，他們自己也很清楚這一點。儘管如此，還是有一大群人趕來了。明明得不到任何回報，還是把重要的假期耗費在這裡。」

「…………」

「每次目睹這樣的場面，我就窺見自己無法擁有的光輝。羡慕那些活在利己主義和計較得失脈絡之外的人們……我無法像那樣生活。我只不過是自戀的化身，實在無法愛他人更勝於自己。」

瓦琪耶慚愧地深深低下頭告訴她。夏米優很好奇緣由何在，果斷地詢問。

「……理由關係到妳的成長過程嗎？」

「或許是吧。」

回答意外地簡短。因為平常不問瓦琪耶也會說個不停，這種態度反倒引起夏米優的興趣。瓦琪耶察覺之後，無力地發出輕笑。

「……想聽嗎？雖然這是個冗長又無聊的故事。」

停頓幾秒之後，女皇緩緩頷首。科學家少女點點頭開始訴說。

「那就告訴妳吧。我──以前曾是巫女。」

──原本，阿爾德拉教並沒有「巫女」這種概念。神官的職務是散播主神的教誨，和不時成為神明附體對象的巫女在扮演角色上有著本質的差異。

不過放眼帝國全土，也有罕見的例外。西域拉斯卡列塔鄉的民俗信仰即為其中之一，那裡每個村落都各有一名巫女。她們的使命是接受主神的神諭來引領村落，基於職責的性質，她們幾乎被當成活生生的神來敬仰。

當然，這種信仰形態在正統阿爾德拉教徒們眼中，不可置信到讓人昏倒的地步，但拉斯卡利塔鄉宗教型態發展至此有著不得已的緣故。由於該地區位於深山的荒涼邊境，實際上有長達數世紀的時間沒有神官駐守。結果，居民在無人可傳授正統教誨的情況下自行傳承教義——與原有的形式變得大相逕庭。即使近年來阿爾德拉教終於派遣具備正統知識的神官前往當地，也無法挽回了。

「——當時我的任務是針對各種事進行占卜，向週遭眾人傳達『阿爾德拉大人』的意志。但相傳為了傳達神諭，巫女必須保持未沾染汙穢的純潔之身，因此在生活所有層面都受到執拗的束縛。除了特殊情況以外基本不能離開家中，也禁止和年齡相仿的孩子們交流，以免被塵俗汙染……所以，那座陰暗沉重的宅邸，對於當時的我來說等於全世界。」

夏米優屏住呼吸。就算以她的想像力也很難想像出那種境遇。

「雖然封閉感也難以忍受，更加難熬的是作為巫女被迫學習的『教養』。他們要求我默背份量長達十幾個小時，幾乎令腦袋爆炸的祈禱文。學會加減法之後，接著就是背誦。即使直到現在，光是回想起開頭第一句經文我就想吐。」

「那還真是……嚴重。」

「當時我還是不知懷疑為何物的小孩，所以認真地背誦著。我年紀雖小記憶力卻很不錯，大人們也稱讚過我。可是有一天我腦海中突然浮現疑問——這麼做有什麼意義？一字不錯地默背全篇祈禱文，能夠改變什麼？」

瓦琪耶說道。如今回頭想想，浮現這個想法正是一切的開端。

「這個疑問在我心中悶燒時，阿納萊博士和他的弟子們來了。博士在研究方面毫無節操可言，據說他聽說拉斯卡利塔鄉的奇特風俗後產生了興趣。儘管在調查上和居民們發生一番衝突，他以種種手段安撫住居民並潛入祭祀現場，真有一套。」

瓦琪耶笑了起來。夏米優也跟著微微一笑。

「雖然沒唸完全文，那一天的祈禱特別冗長。筋疲力竭地返回宅邸時，白衣的衣襬從格子窗外頭閃過。我出於好奇探頭注視，不出所料地發現博士他們偷溜進庭園……萬一被發現八成會被居民圍毆，現在想想，他們還真是不要命。我越過窗戶與他四目交會——只看一眼就被博士眼中的理性光輝迷住了。」

少女的語氣甚至帶著某種戰慄感。夏米優吞了口口水聆聽著。

「在近乎飢餓感的衝動驅使之下，我直接和博士交談起來。時間上應該不到三十分鐘，但我記得，交談內容的每一句話都充滿驚訝和感動。那一刻我首度窺見在宅邸外的廣闊世界有多麼廣大無邊——同時，對於自身境遇的疑問也無從壓抑地增長。」

瓦琪耶回想起當時的興奮，語氣漸漸變得狂熱。

「我無法忍受地向博士拋出疑問。我遵循教義正當地度過每一天，正確地默背難解的祈禱文能夠帶來什麼結果？我問他意義何在。博士聽到後大而化之地回答——『想確認一個行動的意義，試著通通放棄不做一次就行了』。」

「──通通放棄……」

「沒錯。於是，我著手實際嘗試。我逐一打破被告誡在生活不該做的禁忌。只默背最前面那段祈禱文，從半途開始想到什麼就隨口亂唸。我隱約知道，週遭的人們不會發覺──因為在我拚命祈禱的時候，大部分的成年人都在後面閉起眼睛打瞌睡。

所以，我的對手打從一開始就不是人類。我透過這些行為專注地質問神明。質問神的意志、企圖──實際存在與否。」

瓦琪耶熱切地說。透過這段往事，少女與長期持續的壓抑成正比茁壯的陰暗熱情，在夏米優眼中彷彿清晰可見。

「大約一個月後，村子裡舉辦了一年一度的豐收節。那一年的收成是近年罕見的豐收，居民們都十分高興。每個人碰見在節慶日特別獲准外出的我，都膜拜我並口吐相似的台詞──多虧了您盡到巫女的職責，今年神明也賜予咱們村子恩寵等等。」

少女臉上浮現極度的嘲諷之色。人人毫無惡意地向當時的她所說的話，實際上徹底否定了她一直以來累積的努力。

「在那個瞬間，我領悟到──啊，神不存在。那一切都毫無意義。」

連嘲諷都消失無蹤，瓦琪耶的聲調充滿空虛，聽得夏米優背脊一顫。

「當天晚上，我在宅邸內放火逃了出去，混進阿納萊博士一行人裡下山──從此以後，再也不曾回到那個村莊。

另一方面，那一天爆發的憤怒後來一直在我心中熊熊燃燒。無用的繁瑣手續、難懂又拐彎抹角的禮法儀節，為了證明權威的正當性東拼西湊成的歷史——我每次看到這種毫無意義的複雜，不把它徹底摧毀就難解心頭之恨。連我自己的名字也一樣。當時我再也無法忍受這冗長得愚蠢的名字，以隨機組合的發音自稱叫『卡洛』等等。因為我認為平常使用的識別記號愈簡潔愈管用。

那時候約約也對我的想法有所共鳴，我們運用在阿納萊博士底下學到的知識為所欲為。突顯出某種習慣本質上的缺乏意義，將其一度完全瓦解之後重組為簡單易懂的形式——對於當時的我們來說，這就是科學本身。」

科學家少女深有體會地說道，向半空伸出手。夏米優也隨著她的動作仰望夜空。

「我們盯上的獵物，主要是那些被無法讓任何人得到幸福的舊習束縛的人，不然就是欺騙缺乏學識的民眾藉此得利的傢伙。與妳肅清的腐敗貴族們是同類。我本身無法忍受那種人，而且看到毫無自覺地持續受到榨取的民眾，感覺就像看到從前的自己一樣，心頭湧現一股近乎煩躁的憤怒。我絲毫沒有不希望走上相同道路的高尚想法，只是在尋找宣洩憤怒的對象。還無差別地在對試圖規勸我的人露出利牙——直到現在，師兄們還會說『當時的妳就像頭瘋狗』。」

「……瘋狗……」

「伊庫塔哥正好是在那時候過來的。我和約約選好下一個獵物正謀劃該如何陷害時，被後來才插手的他乾脆地搶先下手。『喂，你們兩個，事情搞得很大嘛，不過可別以為你們是世界上最聰明的人』——這是他向我說的第一句話。」

瓦琪耶懷念地仰望夜空。夏米優也能輕易地想像得到，伊庫塔．索羅克比初相遇之時更加年輕的模樣。

「以類似的狀況被他擺了幾道之後，我們得到正式溝通的機會，他要求我透露剛才提過的出身背景。伊庫塔哥聽完以後思考半晌，留下一句『你們兩週後的同一時間再過來這裡一趟』後離去。他的反應令我感到撲了個空——在他所宣言的兩週後，我受到乎出意料的衝擊。」

科學家少女回想起當時的衝擊感，再往下說。

「伊庫塔哥開口的頭一句話是：『我查過了妳名字的含義。』坦白說，我搞不懂他在講什麼。妳或許會覺得很不可思議，但我還在村裡的時候，他們並未告訴過我這個名字的含義。我聽說那是由祭祀用的特殊語言組成，透過刻意不揭露名字的含義，來讓命名雙親的祈願得以實現……雖然我並不感興趣，因為我不屑一顧地認為，反正只是沒多少意義的音節排列，不然就是一堆讚美神的詞彙吧。

然而，伊庫塔哥不這樣想。麥琉維恩瓦琪恩——他明明連正確發音都辦不到，卻徹底地追查了那串發音具有什麼意義。他從阿納萊博士帶回來的資料裡挑出超過一千名居民的名字排在一起，查遍全帝國的古語尋找類似的發音和文法——然後，把終於找到的答案帶來我面前。」

「……到底是什麼？」

夏米優屏息等待答案。瓦琪耶露出為難的苦笑開口。

「『我們愛妳』——據說翻譯成帝國通用語後，我名字的意思只是這樣。」

這個回答，是至今最出乎夏米優意料的一次。科學家少女像在作夢一般，投向星空的視線茫然地飄移著。

「一聽到這個解釋，我不禁張口結舌——然後忽然想起還很幼小時的回憶……想起以巫女身分被送進那座宅邸前，和在我滿四歲前就死於土石流，連長相都想不起來的雙親之間的回憶。想起在沒有任何特別之處的平凡日常生活中，他們給予我的每一句溫柔話語。」

「……………！」

「我得知這個名字是有意義的。既非獻給神明的祈禱，也非為權威而做的修飾——這個名字有著專門為我賦予的意義。

同時——我也想到，其他很多事物也是如此。被我在憤怒驅使下破壞的許多事物當中，或許也包含了乍看之下無法得知，深入發掘才能發現的重要意義。」

瓦琪耶回顧著記憶說道，微露苦笑地聳聳肩。

「一產生這種想法，我就失去了利牙……後來我在各方面自我反省，直到現在。故事說完了。吶，很無聊對吧？」

「……不。」

女皇無法好好地將感想化為言語，僅是搖頭否定。科學家少女重新面向她繼續道。

「夏米優，祝福這種東西，是否發現了它的存在和是否受到祝福同等重要。也有像我一樣，直到多年之後才發覺的大傻瓜。」

「…………」

「哈洛大姊姊是希望妳能平安無事才賭命相搏。如同我的名字一般，那無庸置疑地是一種祝福……所以，為大姊姊負傷而感到悲傷難過沒關係，但別為了這個理由厭惡自己。如果妳否定自身的價值，保護妳的大姊姊付出的努力豈非得不到回報……？」

「…………！」

夏米優夾在感激和自我厭惡的情緒之間備受折磨。她無地自容地從長椅上起身，像逃跑似的準備離去。瓦琪耶繼續向她的背影訴說。

「……聽我說，夏米優！無論是大姊姊、伊庫塔哥、騎士團其他成員以及我——都不是因為妳是皇帝才陪在妳身邊！而是喜歡妳這個人、重視妳、關愛妳……才想和妳一直共處！」

夏米優忍不住發出嗚咽……比起世上的一切更加厭惡自己的她，沒有一句話能夠回應。

隔天中午。為了見辦公室的主人，托爾威造訪中央軍事基地的元帥辦公室。

「……我要進來囉，阿伊。」

他敲敲門後推開門扉，只見黑髮青年坐在辦公桌前直盯著描繪了某些圖案的紙張。檢查完畢的文件，堆積如山地擺放在兩側。

「早上我去看過情況，幸好哈洛小姐的傷勢恢復得不差。儘管得借助侍從幫忙，她有好好地進食喔。」

「嗯，我早上也見過她了。希望她快點恢復到能坐起來的程度……」

伊庫塔一邊關心地說，一邊換了一張手中的紙。托爾威被勾起興趣，從旁邊探頭望去發問。

「……你在看什麼？這是……風景畫？」

「是對夏米優製作的沙盤的速寫，總共有十一張。」

他如此回答，以眼神示意放在桌上的一疊速寫。托爾威凝神細望，一眼就看得出每幅畫上的風景主題各不相同。

「這個遊戲，由阿納萊博士以亞波尼克的盆景為基礎，設計出的精神狀態觀測手法。親手打造的風景，會自然地明顯反映出當事者的心理狀態——必然地，也能從中也看出其人格特徵與心理問題。」

「原來如此……」

「她製作的風景，全都布置得詳盡又細緻。沒有任何一處偷工減料，洋溢著開始動手就會照料到最後為止的責任感。除了純粹的一絲不苟之外，作品裡還包含她對於尚未欣賞過的風景的嚮往，也散發幻想之美……然而……」

伊庫塔驟然眉頭深鎖，從口袋裡掏出一個小人偶放在桌上。

「製作了種類如此多變的景觀——她自己卻不存在於這些景色中。她在第一個動作就無意識地去掉這個少女人偶，連一次都沒使用過。」

伊庫塔咬得牙齒喀喀作響，惆悵地望著速寫繼續道。

「你明白嗎？這些美麗的風景是她的夢想，同時也全部象徵她的自我否定。在描繪幸福洋溢的世界時，她本身絕不會出現在其中。」

「…………！」

感受到夏米優根深柢固的心結，翠眸青年啞口無言地呆立在原地。黑髮青年求助似的轉向他發問。

「吶～托爾威，到底該如何是好？突破這個問題的缺口在哪裡？我——我該怎麼做，才能拯救那孩子的心脫離這道詛咒？」

沉重的沉默籠罩現場。沒有人能回答他的問題，唯獨時間白白流逝。

正好在這個時刻，召開三國會議的提議經由齊歐卡送達帝國。

第四章

Alderamin on the Sky

前所未有的開幕

「……報告巡哨結果。」

在強風呼嘯的原野上，士兵啟奏的沉鬱聲音響起。原本和黑髮青年並肩眺望東方的少女，聽到之後緩緩轉身。

「在最新國境邊緣散開的監視部隊，傳來的報告皆為沒有異狀——如同事先的通告，可判定齊歐卡軍完全清出了我等通往目的地的路線。」

「……是嗎。」

明明正等著這份報告，頷首回答女皇的聲調聽來彷彿帶著不安。對手是齊歐卡，這也無可厚非。既然沒發現最先浮現腦海類型的陷阱，就必須提防布置更加周到的謀略——但也不能畏懼得停止前進。

「全軍啟程北上——前往三國會議召開地點，拉·賽亞·阿爾德拉民。」

女皇下定決心，向她指揮下的旅宣告。收到命令——排成整齊隊伍的數千名士兵的軍靴踏響大地，從帶頭集團開始依序往東北方行進。

「……荒謬至極。竟在這個時機，以邀約我方前去的形式進行高峰會？」

時間回到幾個月前。在中央軍事基地的大會議室內，泰爾辛哈．雷米翁上將面對突然送來的重大會議邀請函皺起眉頭。

「以目前的國土狀況來看，我等必須翻越大阿拉法特拉山脈才能前往拉．賽亞．阿爾德拉民，齊歐卡則無此必要，雙方的負擔從這個階段起就不均等了。再加上，現階段出席三國會議確定可獲得的好處實在太少。」

翠眸上將表明十分符合常識的見解。與女皇並肩坐在最上座的黑髮青年緩緩地開口。

「我深有同感——但是，齊歐卡似乎也是考慮過這些才提出提案。」

他說完後舉起齊歐卡送來的文件。由於坐得遠的眾人無法直接看清楚信上的字，青年以口頭說明內容。

「他們很親切地提出了預付的好處。具體而言，就是歸還舊東域的部分領土。大家看到這消息就能明白，這同時也是提供我方迂迴繞過大阿拉法特拉山脈的進軍路線。」

文件裡包含示意歸還地區的地圖。當然，齊歐卡所用的說法是「割讓」而非「歸還」領土。眾將領不可能不懷疑這個從天而降的提議背後沒有企圖，坐在雷米翁上將旁邊的席巴上將也神情嚴厲地開口。

「……還真是特別慷慨大方啊。不是看會談的結果決定，把歸還領土當成召開會議所需的定金？」

「沒錯，就是這麼回事。」

伊庫塔馬上回答。此時，在與會將領中坐在下座的薩扎路夫准將開口。

「……若非顯而易見的陷阱，這代表齊歐卡有不惜這麼做也想召開三國會議的理由？」

「多半沒錯。」

這次回答的人不是青年，而是女皇。軍方高層的視線紛紛投射過來，她追溯起遙遠的記憶。

「齊歐卡共和國的政治領袖——現任執政官，是凡事都會『觀察他人』類型的政治家。他徹底掌握人才加以管理，在執行人才管理時有著不區別敵我的傾向。」

她說到此處，望著身旁的伊庫塔繼續道。

「這次他盯上的對象毫無疑問是索羅克。不屬於伊格塞姆派或雷米翁派，又同時拉攏雙方勢力的新元帥就任，想必是連那個人也沒預料到的狀況。為了得知帝國軍在更換領袖後之有何變化，他肯定想直接與索羅克見面交談。對於那個人來說，透過這場會面獲得的情報價值，是國土邊緣地帶無法相提並論的。」

夏米優昔日曾作為人質前往齊歐卡，在現場眾人裡最熟悉他的為人。伊庫塔鄭重地體認到這一點，開口補充。

「……在齊歐卡的對外戰略方面，情報的準確性是最受重視的因素。而我無意輕忽這個部分。」

「這代表——陛下和閣下打算接受邀請？」

雷米翁上將目光凌厲地看著兩人詢問。伊庫塔聽到後，提出他如此選擇的依據。

「促成這場會議，對於我等來說有幾個重大意義。其一——隨著取回舊東域部分領土，我方得以迂迴繞過大阿拉法特拉山脈出兵至拉．賽亞．阿爾德拉民。過去我們幾乎是單方面地承受來自北方的壓力，這種情況將得到大幅改善。也可以預期將來占據大阿拉法特拉山脈的阿爾德拉神軍會撤退。

其二，和拉．賽亞．阿爾德拉民神國有限度地恢復邦交。前陣子發生的阿爾德拉教徒大逃亡，起因追溯起來，可以說是我國與該國斷絕宗教關係所致。帝國內的神官們也壓抑著根深柢固的不滿情緒。可以期待這場會議成為尋找解決這些問題契機的機會。」

儘管姑且同意伊庫塔列舉的理由，雷米翁上將尚未接受。

「不過這一切的前提，都建立在拉．賽亞．阿爾德拉民神國有意參與三國會議上……」

在討論我方的判斷之前，他在根本上就對於這一點感到半信半疑。如果三國代表並未齊聚在開會地點，那根本沒有談判的可能。但伊庫塔拿起那份文件，針對這方面補充道。

「請看文章結尾部分。這場會議，原本就是由教皇發起的。」

正如他所言，落款處有拉．賽亞．阿爾德拉民宗主親自用印。在陷入沉默的雷米翁上將身旁，席巴上將從鼻孔裡哼了一聲。

「……那個先前和齊歐卡聯手侵攻我國的國家，這次卻提出要召集三國展開議論。應該認定這種態度的變化是出自某些背後因素影響吧。」

「現階段我無法做出值得一提的推測。這一切全是用來引誘我和夏米優上鉤的陷阱的可能性也並非沒有。不過——因為恐懼中計而選擇忽略這個機會太可惜了。」

將風險和可期待的成果放在天秤上衡量，伊庫塔認為後者的份量更大。青年補充說明他如此判斷的依據。

「提不起勁繼續打這種看不見對手長什麼樣子的戰爭。這多半是包括我在內的三國政治、軍事的領袖全體共通的心境……最近這陣子，戰爭保持彷彿蒙著一層黑布的狀態持續太久了，導至敵人的形象變得模糊不清。無論對哪一方而言，現在無疑是應當重新確認彼此立場的時期。」

聽到他指出的癥結，軍方高級將領們陷入沉思。伊庫塔朝向決定行動方針推進。

「我打算在謹慎做好安全管理的前提上，往出席會議的方向進行議論。在會議期間，我會安排好徹底監視敵軍動向，避免敵軍趁著我離開時發動侵略，重創我國這種無聊的狀況發生——關於這方面，有意見的人……」

「當然有意見了。」

一個人人都很熟悉的聲音插入會場之中。軍人們的視線望向敞開的門扉，發現穿著卡其色文官制服的帝國宰相佇立在那裡。

「三國會議——不用多說也知道，這是外交的盛大舞台。身為最高階文官的我當然得一同出席。沒有哪一位持反對意見吧？」

以他的身分地位而言理所當然的主張出自這隻狐狸口中，聽起來簡直態度突變得叫人欽佩。伊庫塔面無表情地瞪著那張臉。

「……已經打探到消息了？狐狸。」

「呼呼呼，皇帝陛下和元帥閣下可真壞心，居然企圖撇開我這名宰相決定這等大事。」

托里斯奈始終強調著他的宰相身分。伊庫塔聳聳肩。

「……唉，你當然會摻一腳了。打從以前起，你就獨占了帝國和拉・賽亞・阿爾德拉民的外交路徑。正式建立其他管道，對你而言不太方便吧？」

「你在說什麼來著？我只是想藉這個機會盡到我作為宰相的職責而已。」

狐狸厚顏無恥地宣言。伊庫塔和夏米優惡狠狠地瞪著他的臉龐，同時心想。在高峰會上除了別國的執政者之外，還得對付這名男子。

「……！……」

在隨著女皇親自下令而出發的旅部隊中，有一輛具備移動禁中功能的大馬車。她正在馬車上其中一個廂房裡頻頻心神不寧地兜著圈子。伊庫塔看不下去地呼喚。

「……夏米優。我知道妳有太多事情要考慮所以坐立不安，但現在就這麼緊張會支撐不到目的地。在抵達之前的旅途還很長，妳得學著放鬆度過。」

「……我明白。雖然明白……」

少女理解自己該這麼做，卻無論如何也無法豁出去鎮靜下來。她微微低垂著眼眸注視黑髮青年，遲疑地開口。

「……坦白告訴你吧。我——我很害怕。這是我作為君主第一次正式與其他國家進行外交互動。面對老奸巨猾的別國執政者，我在這次的談判中能夠好好表現嗎……？」

夏米優無力地顫抖著。從她的態度可以看出，先前的太平宗事件導致她失去自信。伊庫塔握住少女的雙手，努力保持沉穩的表情鼓勵道。

「我和外交團們就是為了在這方面輔助妳啊。就算妳到了那邊臥病在床，會議也不至於馬上作廢。妳要想著無論發生任何狀況，我們一定會設法處理，儘管放寬心！」

夏米優面露複雜之色。就算很高興聽到青年這樣說，但她不允許依賴這句保證。伊庫塔察覺她的心境，帶著微笑點了個頭。

「唉，我知道妳沒靈巧到能夠切換自如——就算用點強硬手法，我也會讓妳放鬆下來。」

當進軍暫時停止之際，兩名訪客上了大馬車。

「鏘鏘鏘～鏘！人家登場囉～！」

「呼呼呼……在您休息時叨擾了，陛下。」

「……這次我可沒嚇到。畢竟都預料到了。」

瓦琪耶和約爾加的來訪，令夏米優嘆了口氣回應。科學家少女聽到之後，一如往常不知客氣為何物地大步走近。

「討厭啦，又來了～覺得無聊就早點說嘛，夏米優。這時候第一件事就是把朋友都找來熱鬧一番吧？」

瓦琪耶肆無忌憚說完後露出笑容。夏米優把她言行舉止的怪異部分通通當成耳邊風，認命地坐下來。

「所以呢，我把『阿納萊弟子』精心製作的桌上遊戲全部帶來了！從傑作到異色作品任君挑選！別以為在抵達目的地之前還會剩下空閒時間！」

「這樣的確不會感到無聊……雖然我有種反倒將耗費更多精神的預感。」

「呼呼呼……陛下想玩哪一種遊戲？我個人推薦這個——外觀像是單純的雙六，但決定勝負的關鍵實為極度複雜的資產管理……」

「不必連玩遊戲的時候都繼續做平常的工作吧，約爾加。我們的目的是在旅途中打發時間的，選個更有田園風情的吧。」

「那這個遊戲如何？小豬豬、牛伯伯、羊咩咩……遊戲裡面出現了許多動物，百分百具有田園風情。」

「嗯，看起來的確很可愛。內容是什麼樣的？」

「彷彿隨時都能聽見田園牧歌傳來的超級真實畜產模擬體驗遊戲。誰能不輸給傳染病蔓延、山賊和有害獸類的襲擊與維持資金周轉的困難，培育出最多家畜賺取收益的人就是贏家！同樣是牛，奶牛和肉牛的營利模式可不一樣！」

「換一種。還有，瓦琪耶，妳大概誤會了田園風情的意思。」

時間在熱鬧的互動流逝。藉此得到短暫的休息，女皇搭乘的大馬車朝目的地駛去。

當漫長的旅途進入後半段，身體可以清晰地感受到氣候的變化。當每個人都覺得不蓋毯子會冷得無法入睡時，女皇率領的一個旅終於抵達目的地阿爾德拉教總部國。

「夏米優．奇朵拉．卡托沃瑪尼尼克皇帝陛下與諸位大臣，歡迎各位長途跋涉來到這片北方土地。」

一名年老男性神官率領大批部下前來，面露柔和的笑容慰勞來客。三國會議的場地通常選在專門為此設計的外交館，這次也不例外。三棟建築環繞著中央主會議場外呈放射狀展開，各國的外交團下榻的房間就安排在這裡。

「生活與寒冷無緣之地的諸位，想必覺得此處的氣溫特別嚴寒。還請大家馬上進館內取暖……」

「實在感謝各位的好意。不過，請先從外交團帶六個人進去。我需要稍作打理，晚點再進館內。」

這也是理所當然的反應，女皇不可能毫無防備地踏入別國的設施，因此用整理儀容作為藉口來掩蓋保安方面的判斷。對方也對這方面有所理解才會提出邀約，即使遭到回絕，也不至於感到不快。老神官保持不變的沉穩笑容低頭致意。

「我明白了。相對的，若有什麼需求還請儘管吩咐。」

「那麼，可以允許士兵們在野外紮營，可能的話，再供應柴火給他們嗎？」

「我立刻安排。」

接待人員十分有禮地接受來客的要求，一度返回外交館中。目送他們離去後，夏米優立刻摩擦著冰冷的雙手觀察週遭情景。

「……看來齊歐卡的人還沒抵達。」

少女小聲呢喃。由於出發日期與抵達目的地為止的距離不同，必然會有先來後到之差，總之這次他們似乎比齊歐卡早到一步。早到的一方能夠在對手國家抵達前先掌握地形上的要點，無疑是保安方面的優勢。

「對館內進行調查，同時掌握周邊地形……現階段還有其他該做的事嗎？索羅克。」

「別擔心。這些事情交給我們處理就行了，妳再稍微放鬆一點。」

青年如此勸慰，伸手搭在身旁少女的肩膀上。夏米優越過衣服布料感受著他的體溫，視線轉回到眼前的外交館上。

「……教皇已經在裡面了嗎……？」

「多半沒錯。」

想像著最晚數天之內即將會晤的對手，兩人沉默半晌——但雨滴突然落在他們的額頭上。

「……下雨了。萬一著涼就糟糕了。夏米優，暫且回到馬車上吧。」

把女皇送回大馬車後，伊庫塔獨自再度下車，站在士兵們搭起的帳篷下直盯著外交館。雖然望著也不能如何，他和方才的夏米優一樣，就是忍不住想做點什麼。

——真傷腦筋，我也一樣失去冷靜了？

對於自己的反應傻眼地嘆口息，青年閉上雙眼摀著額頭。

——我很了解夏米優的不安。我同樣也是第一次直接參與外交活動，能夠處理得像軍事方面一樣好嗎？

青年愈是思考，胸中愈加湧現疑問……儘管他口齒便結擅於談判，但別國的領導者說不定將對手有這點程度的能力視為理所當然。畢竟集結到會議現場的參與者中，他和夏米優是最年輕的後生晚輩。

——最吃不消的是，這次無法帶任何一名騎士團同伴過來。若能夠找大家商量，明明不僅能忘懷不安，還可以想出好點子……

伊庫塔甚至忍不住動起無濟於事的念頭。哈洛正在養傷無法行動，他又讓馬修和托爾威留在基地專心培育部下。由於連席巴和薩扎路夫等意氣相投的軍官也沒帶來，伊庫塔在這裡幾乎等於孤軍奮戰。

「——不要緊。」

正想著這些，他突然間彷彿聽到令人懷念的聲音從身旁傳來。伊庫塔望向腰際的短劍，將手放在劍柄上。

「……沒錯。我才不是孤單一人。」

炎髮少女的意志時時與他同在。他強烈地意識到這一點作為心靈的支柱，有力地仰望頭頂籠罩著烏雲的天空。

「我是科學家，缺乏經驗的事就靠反覆試驗來解決——要陪我商量喔，雅特麗。」

伊庫塔感覺到身旁傳來頷首回應的氣息。接下來，伊庫塔在原地和她交談了好一陣子。

事先在館內檢查完畢之後，女皇與外交團進入會場，正好在這個時候也傳來齊歐卡代表抵達的消息。搶先一步做好準備後，伊庫塔和夏米優在接待人員分派的整潔房間內等待面對面的時刻到來。

「——齊歐卡方面已準備妥當。與會者將在主會議場打照面。」

晚間七點，外交館的僕人前來通報。伊庫塔和夏米優互望著對方點點頭。

「好。走吧，夏米優！」

「……唔。」

夏米優一臉緊張地站起身。伊庫塔握住她的手邁開步伐，和外交團的文官們會合後，一起下樓前往外交館一樓。文官當中也包含托里斯奈的身影，但他目前僅僅面露淺笑，一句話也沒說。一行人在不久後抵達一樓，走過通往主會議場的走廊，最後穿越裝飾精美的厚重大門。

「來得還真快。歡迎你們，可愛的女皇和元帥。」

才感覺到自己正踏進寬廣得驚人的空間，一個和藹的女聲問候兩人。他們轉動視線尋找說話者，只見一名老婦人坐在中央的圓桌旁。一名看來像是軍人的健壯中年男子站在她的背後待命。

「……初次見面。您想必是教皇了，女士。」

「我是拉．賽亞．阿爾德拉民宗主，葉娜希．拉普提斯瑪。人們也稱呼我教皇，不過在這裡階位只不過是種裝飾。諸位直呼我葉娜也無妨。」

面對女皇的詢問，位居阿爾德拉教團頂點的女子以柔和的口吻如此回答，眼瞼之下那雙暗藏著無底深潭的眼眸注視著少女。夏米優努力不被她的氣勢吞沒，斟酌言語回答道。

「……您如此寬大為懷，實在令人佩服。不過，以我的身分不可遺忘對主神代理人的敬意。根據禮法，以後請讓我稱呼您為拉普提斯瑪陛下。」

「哎呀，真可惜。那我也不能太過親暱地直呼妳夏米優了。」

葉娜希以真心感到可惜的口氣說道。代替猶豫著不知該如何回答的女皇，習慣與年長女性交流的伊庫塔接手與教皇對話。

「那麼您要如何稱呼我呢？以聖典的語句來形容——『宛如在凍結的時間中綻放的鮮花般』美麗的女士？」

「哎呀，真會說話。你不滿意索羅克閣下這個稱呼嗎？帝國史上最年輕的元帥。」

「這個嘛，如果能再加把勁拉近與您的距離，我的心情一定是飄飄欲仙欣喜若狂。」

「喂，你這傢伙。別太過分——」

在她背後待命的軍人正要抗議，但被葉娜希本人舉起一隻手制止了。她頗為感慨地望著黑髮青年，靜靜地告訴他。

「一舉一動都有他的影子……你真的是巴達上將的兒子呢。」

教皇提起那個名字大大出乎伊庫塔意料，使他一時之間無話可答。彷彿算準了他的沉默，最後的代表團體從另一扇門出現了。

「哎呀——遲到實在有失禮數！」

隨著開朗的說話聲登場的，是一位穿著深藍色西裝的中年男子，和跟隨在後的白髮年輕軍人。

一看見教皇的身影，兩人同時恭敬地低頭行禮。

「齊歐卡共和國執政官阿力歐·卡克雷及陸軍少將約翰·亞爾奇涅庫斯，在起居室緊急打理好儀容前來拜見。好久不見，葉娜，妳還是像以前一樣美麗。」

「你也像以前一樣會說話——我很想這麼回答，可惜你是第二名，阿力歐。他先讚美過我了。」

葉娜希以平易近人的語氣立刻回答，令執政官聽得雙眼圓睜。

「從一句讚美來看，還是懂得引用聖典詩句來形容的他更機智吧？」

「真是嚴格啊。聽妳這麼一說，儘管年紀大了，我還是忍不住嫉妒起那邊那位文思敏捷的情敵——」

執政官轉向教皇以視線示意的對象，一看出伊庫塔的身分，他的臉孔擺出與內心想法大相逕庭的政治家笑容。

「──你就是伊庫塔．索羅克？我們約翰好像多次受到你的關照。說來奇怪，我對你有種不像第一次見面的親切感。」

執政官說著走向青年，迎面堂堂正正地要求握手。考慮到對方右手拄著拐杖，他刻意伸出左手。伊庫塔也馬上回握。

「初次見面，卡克雷閣下，我是帝國軍元帥伊庫塔．索羅克──這沒什麼好奇怪的。我也覺得和你不像今天才第一次見面。」

兩人平靜地的彼此問候，但雙方都察覺話語中暗藏著非比尋常的意味。說歸這麼說，把這方面的爭鋒相對留待之後再說──阿力歐暫且將親切和藹的目光從青年轉向相識的少女。

「還有──好久不見，夏米優。如今該稱妳為陛下了，但希望妳原諒我就這麼一次懷抱親近之情如此稱呼。從妳還在齊歐卡時，我便覺得妳是楚楚可憐的少女，如今更加出落得美麗到幾乎要認錯人了。儘管刻意較晚和妳打招呼，請當成這是我表達親愛之情和掩飾難為情的表現。」

「……阿力歐．卡克雷執政官……」

相對於他親暱的問候，夏米優近乎凍結地沒有反應。另一方面，白髮將領正十分有禮地問候久未見面的教皇。

「……我是齊歐卡陸軍少將約翰．亞爾奇涅庫斯。雖然身分還不合適在場同席，還請諸位見諒。」

「沒人認為你不合適出席，約翰。這種應酬性質的謙遜，與你這位肩負齊歐卡未來的才俊並不相襯。別忌諱他人的目光，自豪地宣言不眠的輝將在此吧。」

「實在惶恐，葉娜大人。我為自己在擔任客將的任期期滿後，長期疏於聯絡的失禮之處向您致歉。」

「沒有消息就是好消息。不必放在心上。」

葉娜希面露寬容的微笑，依序注視著這些年輕人。此時，一個低沉的嗓音從她背後傳來。

「我是拉・賽亞・阿爾德拉民神聖軍上將亞庫嘉爾帕・薩・杜梅夏。不像年少有為才氣橫溢的兩位，正如你們所見，我已是個糟老頭子，若不介意還請多多指教。」

亞庫嘉爾帕上將做完自我介紹就閉口不語。教皇背對著他，咯咯輕笑。

「我一點都不覺得你有半點衰老的跡象，亞庫嘉爾帕上將。而且不必擔心，沒有多少人見到你之後回去時會忘記你。

好了──看來各國代表們都彼此打過照面了。接下來，則要介紹各國的外交團──」

「等一下～～！」

砰！劇烈的聲響響起，阿力歐等人進來的那扇門再度打開了。門後出現的人，竟然是一身科學家招牌標誌白衣的老人和青年。阿納萊肆無忌憚地東張西望環顧會場，發出放心的嘆息。

「很好，趕上了！會議好像還沒開始喔，巴靖！」

「不，怎麼看都沒趕上啊？我們完全是破壞現場氣氛的闖入者吧？」

巴靖感受到週遭拋來刺人的視線，向老人吐槽。伊庫塔愕然地看著兩人互動，幾乎是反射性地脫口而出。

「——阿納萊博士？」

他真的很久沒向博士本人喊出這個名字了。聽到呼喚的老賢者回過頭，立刻欣喜悅地睜大雙眼。

「……伊庫塔？是你在那裡嗎？」

不過，出於和師徒重逢不同的理由，接下來的狀況可說是十分慘烈。葉娜希默默地看著闖入者引發的一連串騷動，依舊保持相同的笑容，只有背後彷彿冒出由怒氣和壓迫感形成的光圈般，狠狠地瞪著齊歐卡執政官。

「……阿力歐。你可以說明這是怎麼一回事嗎？」

阿力歐．卡克雷聽到要求後思索一下，故作不知地坦然介紹起新面孔。

「啊～嗯。這一位是緊急加入外交團的阿納萊．卡恩博士。在介紹的同時，我也要為了沒及時報告致歉。」

面對他偏離正題的道歉，教皇散發的無言壓力每分每秒不斷增強。然而，身為當事人的老賢者卻滿不在乎。阿納萊流露出長年的積怨直視著教皇高聲宣言。

「我已經厭倦四處逃亡躲避你們教團這夥人的追捕了。我認為這是個好機會，今天換成我們主動上門。至於目的到底是什麼？那還用說——當然是狠狠敲一頓你們這些神官死板僵化的腦袋，好讓它開竅！

既然找我過來，從現在起科學必然會主導這場會議！呼呼呼呼，儘管在天上咬牙切齒地看戲吧，主神──這才是這場三國會議真正的開幕！」

科學家發出的宣戰布告在廣大的空間內嗡嗡迴盪。比起先前任何人的發言都更具壓倒性的衝擊力──作為三國會議此一重大事件開端的點綴，這正是一次歷史留名的蠻行。

〈完〉

後記

家中的環境太過舒適，我今天也不想出門。午安，我是宇野朴人。

以「行不通！會死！這樣搞會死啊！」為口號，在撰寫途中給週遭的人和環境造成許多困擾的動畫相關執筆工作，在寫下這篇後記時也終於快要進入尾聲。直到這個階段為止，我對週遭造成的損害多到筆墨難以形容，「想助跑後一拳痛毆在宇野朴人臉上」的名單感覺也必然地即將突破百人大關。也許我該舉辦一場不同於簽名會的揮拳會。光是招待上述名單上的人，就能確實把場地坐滿。

雖然還剩下一個月，今年總體來說也是針對創意下功夫的一年。這一年來，為了建立起足以因應驟增的寫作委託的條件，我改變環境、改變習慣、改變生活，每天都在反覆嘗試錯誤中度過。這一年讓我痛切地感受到過著馬馬虎虎的生活無法好好寫作，但同時也得到莫大的收穫。有幸參加後期錄音製作、稍微接觸到動畫製作的流程，令我實際感受到作品透過各種跨媒體製作拓展世界的過程，在那股喜悅與困惑與不如己願中手忙腳亂地生活。希望能將經歷這些極為寶貴的經驗而變得有血有肉的許多想法，活用往後的作家人生中。

接下來，我要問候給予我關照的各方人士。

以 MADHOUSE 動畫公司為首，參與動畫製作的諸位。在播放結束後的現在，我更加強烈地切身感受到，因為有大家付出莫大的勞力才能夠完成那個作品。在後期錄音製作時，諸位配音員的演技實力、存在感每次都讓我想要脫帽致敬。藉這個篇幅，我要以原作的身分再度感謝各位給予我的精采作品、刺激無比的時光與各種寶貴的體驗，

插畫家竜徹老師，您的插圖隨著每一集新書出版不斷變得更有魄力，實在讓我感佩不已。在第十一集裡，我從很早以前就想看到插畫的角色終於如願出現在您筆下。封面、彩頁、插畫，每一幅都充滿讓我一看再看的樂趣。

漫畫版作者川上老師，從連載開始經過一段時日，漫畫集數也漸漸增加，但您依舊保以精緻的水準持續著漫畫改編工作，真是太讓人高興了。您為我替合作企畫撰寫的短篇小說畫了插圖，是我最美好的回憶。希望以後有機會務必再合作！

責任編輯黑崎編輯，我一再給您添了麻煩……我之所以至今為止能夠在如同走鋼索的日子中堅持下來，都多虧了編輯堅定不移的支持。

最重要的是——拿起這本書的你，這次我也要獻上最大限度的感謝！

國家圖書館出版品預行編目資料

發條精靈戰記 : 天鏡的極北之星 / 宇野朴人作 ;
K.K.譯. -- 初版. -- 臺北市 : 臺灣角川, 2017.04-
冊 ; 公分
譯自 : ねじ巻き精霊戦記 天鏡のアルデラミン
ISBN 978-986-473-605-8(第10冊 : 平裝). --
ISBN 978-957-8531-18-5(第11冊 : 平裝)

861.57 106002827

Kadokawa
Fantastic
Novels

發條精靈戰記

天鏡的極北之星 11

（原著名：ねじ巻き精霊戦記 天鏡のアルデラミン XI）

2017年12月6日　初版第1刷發行

作　　者：宇野朴人
插　　畫：竜徹
角色原案：さんば挿
日版設計：AFTERGLOW
譯　　者：K.K.

發 行 人：成田聖
總　　監：黃珮君
總 編 輯：蔡佩芬
編　　輯：黎夢萍
美術設計：胡芳銘
印　　務：李明修（主任）、黎宇凡、潘尚琪

發 行 所：台灣角川股份有限公司
地　　址：105台北市光復北路11巷44號5樓
電　　話：（02）2747-2433
傳　　真：（02）2747-2558
網　　址：http://www.kadokawa.com.tw
劃撥帳戶：台灣角川股份有限公司
劃撥帳號：19487412
法律顧問：寰瀛法律事務所
製　　版：巨茂科技印刷有限公司
ＩＳＢＮ：978-957-853-118-5
香港代理：香港角川有限公司
地　　址：香港新界葵涌興芳路223號
　　　　　新都會廣場第2座17樓 1701-02A室
電　　話：（852）3653-2888

Alderamin on the Sky 11

Edited by ASCII MEDIA WORKS
First published in Japan in 2016 by KADOKAWA CORPORATION, Tokyo.
Complex Chinese translation rights arranged with KADOKAWA CORPORATION, Tokyo.